Ulrike Gollmer

Viktor, Kunstgebilde

Roman

FSC
www.fsc.org
MIX
Papier aus ver-
antwortungsvollen
Quellen
Paper from
responsible sources
FSC® C105338

Ulrike Gollmer

Viktor, Kunstgebilde

Roman

Bibliografische Information der Deutschen Bibliothek:
Die Deutsche Bibliothek verzeichnet diese Publikation in der
Deutschen Nationalbibliografie; detaillierte bibliografische
Daten sind im Internet unter <http://dnb.ddb.de> abrufbar.

Impressum
© 2023 Ulrike Gollmer
Satz, Layout und Umschlaggestaltung:
    burcom | *kommunikation unternehmen*,
    München
Abbildungen:
    Bentleyphotos
Herstellung und Verlag:
    BoD – Books on Demand, Norderstedt
ISBN: 978-3-75783-012-0

Inhaltsverzeichnis

Inhaltsverzeichnis – Fortsetzung –

Was ist Leben? Raserei!
Was ist Leben? Hohler Schaum,
Ein Gedicht, ein Schatten kaum!
Wenig kann das Glück uns geben;
Denn ein Traum ist alles Leben
Und die Träume selbst ein Traum.

Pedro Calderón de la Barca

Albträume

Der ursprünglich blaue wolkenlose Himmel zog sich zu. Kleine weiße Schafe bestürmten, was vorher freundlich und azurwässrig erschienen war, wuchsen minütlich an, verdunkelten die Sonne. Schwalben, Sturmboten, flogen unter Wolkengebilden, die sich zu bizarren Figuren formten. Sie berührten mit den Schnäbeln das Wasser des Sees. Ich stand an seinem Ufer, den Kopf in den Nacken gelegt, abwechselnd die Vögel und den sich zusammenbrauenden Sturm beobachtend.

Ein Schauspiel der Elemente, eine Augenweide für mich, Befriedigung für meine Seele, war in vollem Gang, schien rasch seinem Höhepunkt entgegenzuschreiten. Ich genoss die Dramaturgie des Sturms, dessen Schreiberin die Natur selbst war, wurde melancholisch. Das Herz schwoll mir an vor Gefühl, ich wollte der sich mir offenbarenden Szene zujubeln, so schön war sie anzuschauen. Mein Blick hing gebannt im Himmel.

Die einzelnen Wolkenungetüme zeichneten sich durch ihre scharfen, weißen Umrisse vom nun tiefgrauen Hintergrund des Himmels ab. Der Wind berührte sacht ihre Geometrien, wurde irgendwann unfreundlich, blies heftig, griff derb nach ihnen und versuchte, sie zu zerreißen. Die Wolken wehrten sich gegen ihn, wurden zu Monstern, bäumten sich auf, hielten sich bedrohlich im Dunkel des aufkommenden Sturms.

Der Wind begann, in seinem Übereifer das Wasser des Sees anzupeitschen, aufzupeitschen. Kleine Wellen, die schnell größer wurden, berührten meine Fußspitzen, schlugen mir klatschend auf das Leder meiner Schuhe.

Ein erster Blitz überzog den Himmel, der Donner grollte kurz darauf. Die Wolkenmonster rissen ihre übergroßen zahnlosen Mäuler auf, Regen brach in dicken Tropfen aus ihnen heraus, über mich herein, zuerst vereinzelt, dann unzählig.

»Ren-ne, ret-te-dich, flie-he«, riefen die Vögel, meine kleinen gefiederten Freunde mir zu, brachten sich nach ihrer mir entgegengeschrienen Warnung vor dem Regen in Sicherheit. Sie verschwanden dahin, wo ich sie nicht mehr sehen konnte, in die hohen Bäume.

Das herabfallende Wasser platschte auf den See, schlug nach ihm, nach mir. Ich schloss die Augen, spürte die über meine Haut laufenden Tropfen, nahm den Geruch des Gewitters in mir auf, sog das Parfüm der Natur in mich ein, wurde eins mit Wolken, Wind und Regen, sickerte in die nasse Erde ein und wuchs als Weide in den Himmel empor. So verwurzelt mit dem, was mich geboren hatte, was meine Mutter, meine Ernährerin war, ignorierte ich die Warnung der Schwalben, verschmolz mit Wasser, Pflanzen, Bäumen, wurde eins mit ihnen, wurde die Elemente selbst.

Als ich irgendwann die Augen wieder öffnete, erblickte ich verschwommen weißen Dunst in der Mitte des Sees, der sich zu gruppieren schien, sich zu einer Nebelsäule ausbildete, schnell größer wurde, sich mit dem Regen vermischte. Der Nebel formte sich zu einer Hand, die über das Wasser Richtung Ufer glitt. Sie blieb einige Meter von mir entfernt stehen, bäumte sich auf. Ihre dunstigen, milchigen Finger materialisierten sich, wurden zu Knochen, Sehnen, Muskeln, Fleisch.

Die Hand schoss auf mich zu, Finger legten sich um meine rechte Fessel, umschlossen diese fest und versuchten kraftvoll, mich umzuwerfen. Ich verlor das Gleichgewicht, kam ins Straucheln, stürzte, schlug im Sand auf. Angst lähmte, was vor Kurzem noch mit der Erde so fest verbunden schien. Mein Verstand erfasste nicht, was mit mir passierte, konnte deshalb auch keinen Impuls senden, mich in Sicherheit zu bringen. Doch ich spürte Kälte, roch verwesendes Fleisch. Mein Körper zitterte. Ich war dem ausgeliefert, was ich nicht erklären konnte.

Die Hand zog mich über den Sand. Das Wasser kam näher, verschlang meine Beine. Zentimeter um Zentimeter rutschte ich tiefer in den See. Erst, als das Nass meine Lippen berührte, begriff ich, dass mich jemand töten wollte, der nicht von dieser Welt zu sein schien. Die Erkenntnis kam spät, doch plötzlich war der Wille zu überleben präsent. Verzweifelt versuchte ich, mich aus dem eisernen Griff des Übernatürlichen zu befreien, schlug mit den Armen um mich, trat mit dem freien Bein nach *IHR*, die mich festhielt.

Sie war stärker als ich, lies nicht los. Wasser drang in meinen Mund. Das drohende Ertrinken aufhalten wollend, griff ich in den Sand, der mir keinen Halt gab; griff ich nach einer leeren Bierflasche, die irgendjemand hier am Strand vergessen hatte; versuchte ich, mich an einem verkohlten Ast festzuhalten, der wohl aus einem niedergebrannten Lagerfeuer stammte. Nichts rettete mich. Nichts konnte mein Untergehen aufhalten. Das Wasser sickerte mir in die Nase.

Den Kopf bereits unter Wasser, den Atem anhaltend, die Augen aufgerissen, blickte ich in zwei Bernsteine, nahm ein zu einer Fratze verzogenes Gesicht wahr. Blondes Haar floss um weiße Männerhaut. Keine Luft bekommend, wusste ich, dass ich nun starb. Mein letzter Gedanke war, dass Viktor mich zu sich in sein Grab hinabzog.

Das Wasser drang in meine Lungen ein. Alles wurde dunkel. Alles wurde ruhig. Ich wurde ruhig. Er tat nun, was er zu seinen Lebzeiten nicht geschafft hatte, nämlich mich zu sich zu holen, mich für immer an ihn zu binden. Das Leben wich aus meinem Körper. Ich lies los, lies es gehen. Trieb – tot - auf eine Insel aus Seegras zu, das mich berührte, meinen bleichen erkaltenden Körper streichelte. Sah mich, schwebend, im Wasser. Reglos. Leblos. Der Schwan verabschiedete sich von mir. Der Karpfen weinte. Viktor grinste.

Ich erwachte!

Teil 1 Reflexionen

Winterspaziergang

Albträume kommen, wenn man sie am wenigsten erwartet. Sie werden vom Licht des Lebens angezogen, versuchen, zu verdunkeln und zu erschrecken, was ehemals in Frieden erstrahlte. Sie tauchen aus dem Unterbewusstsein auf, kriechen ins Oberbewusstsein, manifestieren ihre Tentakel des Grauens im alltäglichen Treiben des Seins. Wenn man sie dort bemerkt, befördern sie Dinge zutage, die besser in den Weiten der Vergessenheit geblieben wären.

Albträume sind die Zerrbilder dessen, was man an Schlimmem erlebte und nie verarbeiten konnte. Sie tauchen auf, stark abstrahiert, aus den Tiefen des eigenen Selbst, in die man sie führte, einkerkerte, irgendwann einmal, in der Hoffnung, dass sie dortbleiben mögen. Sie sind Monster, die einem vor Augen führen, dass man gegen das Böse dieser Welt noch nicht gewonnen hat. Dass man von Zeit zu Zeit von ihnen eingeholt wird, um vor die Prüfung gestellt zu werden, das Leben anzunehmen, wie es sich gerade zeigt, und es nach guten Vorsätzen zu gestalten oder sich dem Kampf des Schreckens ein erneutes Mal zu stellen und einen neuen Weg zu finden, die Albträume, das Böse, sterben zu lassen. Sollte es nicht gelingen, weder das eine noch das andere, ist man verloren, wird wahnsinnig, irr im Kopf, lebt am Leben vorbei, ist unbrauchbar für die Menschen.

Albträume sind die Krieger, gegen die man sich in dunklen kalten Nächten zu stellen hat; weder auf einen drohenden Kampf vorbereitet, noch die Gegner kennend. Dunkel sind sie, gefühllos, saugen an der Herzwärme, drohen sich gegen die Seele zu erheben, die, man kann es annehmen, gebeutelt ist; mehr gilt es nicht zu wissen. Es ließe sich einiges Wissenschaftliche zu ihnen sagen, das aber nichts daran ändert, wer und was sie sind und wie sie das Fürchten lehren. Irgendjemand befiehlt sie, auszuschwärmen, das Leben zu schwächen. Wer es sein könnte, bleibt in der Verschwiegenheit der Weltenchroniken.

Doch wie ist mit Albträumen umzugehen? Wie kann man ihnen begegnen, sie als einen Teil des eigenen Selbst akzeptieren, die sich ja in der Tat und mit enormer Wucht unter Umständen in jedem Schlaf bemerkbar machen? Ist es möglich, ihnen zwar gegenüberzutreten, sie aber weder als Bedrohung zu sehen noch sie ein erneutes Mal Oberhand über das eigene Leben gewinnen zu lassen, obwohl sie unentwegt an etwas erinnern, das nicht mehr sein sollte, das man wohl nie verarbeiten konnte? Gilt es, die Albträume zu enträtseln und der unendlichen Gnade Gottes zu übergeben, welcher sie in seinen Schoß aufnimmt und für immer bei sich behält? Liegt die Antwort in der Liebe? Ist die Liebe das Lichtschwert, das ersticht, was dunkel und kalt nach einem greift?

* * * *

Es ist Winter. Wieder ist es Winter, denke ich. Wieder ist es kalt draußen, sage ich mir. Schnee, Nebel, Frost. Ein erneutes Mal erlebe ich die Natur, die sich zur Ruhe begeben hat, sich in tiefem Schlaf befindet. Wenn ich durch meinen Buchenwald laufe, spüre ich die Stille, den Frieden in ihm. Die Bäume, entkleidet, erstarrt in Minusgraden, stehen wie Monolithen vor mir, erinnern an vergangene Jahrhunderte, an Glück und Leid, die vor Langem vergingen. Sie verharren in der Kälte, geduldig, stumm, wissen um das Kommen des nächsten Frühlings. Sie sind Denkmäler, die uns immer wieder zeigen möchten, wie beständig die Jahreszeiten sind. Diese kommen mit Sicherheit, sie sind die Einzigen in unserer Welt, die sich außer dem Untergehen der Sonne und ihrem Wiederaufgehen verlässlich durch unser Leben bewegen, ohne sich jemals von uns abzuwenden.

Ich gehe zu einer bestimmten Buche und bleibe vor ihr stehen. Ich entspanne mich, mein Mund verzieht sich zu einem Lächeln. Ich neige ehrfürchtig meinen Kopf zum Gruß, da sie meine Vertraute ist, die große Weiße, die mir seit langer Zeit Lebensratschläge gibt. Die Freundin steht vor mir. Stark, kerzengerade. Groß, stolz, erhaben. Nackt. Stellenweise hängt ein verwelktes Blatt an einem ihrer unzähligen Äste, die der Wind ihr nicht abjagen konnte. Ich berühre ihre glatte, helle Rinde, die wunderschöne Haut eines Baums, der seit mindestens hundertfünfzig Wintern die Wurzeln tief in der Erde verankert hat, aber noch einige Jahrhunderte existieren kann, wenn er nicht vorher gefällt oder krank wird. Gib mir einen Teil deiner Erdung, denke ich bei mir, da ich seit vielen Jahren in einer Zwischenwelt lebe, die mich nicht mehr auf meinem Planeten ankommen lässt. Ansprechen werde ich sie nicht, da ich weiß, sie hört mich im Zustand ihrer Starre nicht. Sie verschläft den kalten Winter. Vielleicht hüllt sie sich in Baumträume ein, ist mit ihren Gedanken in der Anderswelt, kein Mensch kann das genau sagen. Wer weiß schon, was eine Buche empfindet, wie sie sich ihren Emotionen hingibt.

Zärtlich streiche ich mit meiner kalten Hand über den Stamm, berühre sie mit meinen Lippen. Ich erinnere mich in dieser Jahreszeit an damals, wie so oft in kalten Tagen und Nächten.

Damals, in meinem alten Leben, vor vielen Wintern, als alles grau war, das Büro, die Halle, die Menschen, ließ ich den Schmerz hinter mir. Ja, ich erinnere mich. Viele Jahre ist es her, seit ich Viktor das letzte Mal gesehen, damals, als ich ihn verlassen hatte. Viele Jahre brauchte ich, um mich in meinem Leben neu auszurichten. Viel Zeit benötigte ich, um mein Leben neu zu sortieren, zu ordnen, mich neu zu organisieren. Die Buche war mir Zuhörerin und Trösterin. Sie beruhigte den Verstand, der wahnsinnig werden wollte.

Ich erinnere mich, an damals. Ich war bunt gewesen, zuerst, knallbunt, ein Paradiesvogel, als ich das Grau der Firma betrat, das Grau der Menschen wahrnahm. Ich steckte voller Träume, Ideen, Lust auf das Leben. Damals. Ich wollte verändern, ich wollte mitreißen, ich wollte Farbe versprühen. Gefühle schäumten aus mir heraus. Ich wollte das Grau um mich herum bunt machen, wollte es mit mir verzaubern. Doch das Grau radierte mir die Farben ab, machte mich blass. Es verwandelte mich in Dunkelgrau, dann in Blassgrau. Der Schmerz nahm mir alle Graustufen, machte mich irgendwann unsichtbar. Der Schmerz radierte aus, was früher geschillert hatte.

Ich erinnere mich. Vor einigen Jahren war ich aus der Tristesse geflüchtet, damals, als ich unsichtbar geworden war, als ich den Schmerz hinter mir lassen wollte. Ich hatte mir ein neues Leben erschaffen, einen neuen Wirkungskreis gefunden, meinen alten Standort gegen einen neuen eingetauscht. Ich war geflüchtet, weit weg von allem, was grau gewesen war und mir meine Farben genommen hatte. Die Buche war mein Anker in der Menschenwelt gewesen.

Distanz hatte Einsamkeit bedeutet und versprach mir die Ruhe, die ich brauchte, um zu erkennen, dass ich noch lebte. Und ich wollte mir meine Farben zurückerobern, wollte wieder sichtbar werden, irgendwann.

Die Einsamkeit garantierte mir das Überleben. Ich hatte es geschafft, mich in einer neuen Welt einzuleben. Ich hatte es geschafft, im Hier und Jetzt zu funktionieren. Und ich hatte es geschafft, mich von Menschen, die mich kennenlernen wollten, fernzuhalten. Ich blieb bewusst auf Distanz, nicht, weil ich sie nicht interessant fand, nein, einfach nur, um sicherzugehen, nicht ein erneutes Mal ausradiert zu werden. Ich vertraute den Menschen nicht mehr, konnte weder das Gute noch das Böse in ihnen erkennen.

Ja, ich erinnere mich. Noch immer liegt meine Hand auf dem Stamm meiner Freundin. Ich erkenne. Das Untergehen meiner Farben riss das Vertrauen in die Menschen mit sich. Ich konnte die Zeichen nicht mehr deuten, wann ein Mensch ehrlich war und wann er heuchelte, wann er es gut mit mir meinte, wann er meine Freundschaft suchte, wann er mich ausnutzte oder für sein Ego missbrauchte. Irgendwann im Viktor-Spiel war mir die Fähigkeit des Erkennens wohl verloren gegangen.

Damals, als ich unsichtbar geworden war, hatte ich mich mit den mir verbliebenen Sinnen auf meine mentale Ausrichtung konzentriert, eine Sinnsuche gestartet, hatte mein inneres Gleichgewicht versucht wiederherzustellen. Kurzum, ich hatte mir eine Lebensart antrainiert, mit der ich leben konnte, die mich aber nicht ausfüllte, doch eventuell zu neuer Erkenntnis führte. Und tatsächlich, der Schmerz war vergangen, er hatte sich von mir gelöst, war verschwunden, war wohl zum nächsten Menschen gezogen, und ich wurde sichtbar. Ich war grau, dezent mittelgrau, man konnte mich wieder wahrnehmen. Es war ein Sieg für mich, da ich wieder in der Welt stand, wenn auch nur mit einem Bein, nicht fest auf beiden Füßen stehend. Und doch war es auch ein immer noch währender Triumph für Viktor, denn alles, was ich unternommen hatte, um wieder in ein von Sonne erhelltes Leben zu gelangen, brachte mich nicht in eine fühlende Welt zurück. Gefühl war verloren gegangen, Vertrauen gestorben. Tränen nie mehr aus dem Herzen getreten.

Immer, wenn ich die Nähe meiner Freundin fühle, spüre ich den Drang, noch einmal gegen Viktor kämpfen zu wollen. Ich möchte ihn bestrafen, dafür, dass er sich mit meinen Farben bereicherte, dass er sich mit ihnen übergoss, dass er sich in sie kleidete. Doch konnte er sie halten? Blieben sie bei ihm? Ich kann mich erinnern, an ihn, den Mann, den Farbendieb, der kurz in Rot aufleuchtete und dann von der Dunkelheit verschlungen wurde.

Ich stehe vor meiner Freundin und blicke mich um. Die Natur braucht den Winter, um sich erneuern zu können. Auf den ersten Blick scheint sie grau zu sein. Würde ich sie malen müssen, würde ich sie in allen mir zur Verfügung stehenden Grauschattierungen abbilden wollen, doch ich fühle, es ist nicht das Grau, das mich kleidet. Das Auge sieht grau, doch das Herz fühlt die Erneuerung von Farbe, von Licht, Leben, Wärme. Ich weiß, dass sie spätestens in drei Monaten in Millionen Farbnuancen sprühen wird. Ich weiß, jetzt schläft sie, ich weiß, bald wird sie wieder erwachen, bald wird sie strahlen.

Verhält es sich mit dem Menschen genauso? Braucht er einen Winter in seinem Menschenleben, um sich neu zu erkennen? Um sich neu zu sortieren? Um eine neue Richtung im Fortschreiten seines Weges einschlagen zu können? Um neue Lebensfarbe zu produzieren? Ich erblicke zwischen gesunden schlafenden Laubbäumen eine Fichte, die keine dreißig Jahre zählt. Sie ist krank, sie wird den Sommer nicht mehr lebend erreichen können. Also ja, der Winter ist eine Auslese für alles Lebende.

Ich verlasse meine Buche und laufe den gefrorenen Schotterweg tiefer in den Wald hinein. Ich beobachte. Frost belegt das auf dem Boden liegende Laub mit einer dünnen weißen Schicht aus Eisblumen. Ein flüchtiges Erkennen kreuzt mein Denken, dass auch im Winter Blumen blühen können, zauberhaft geometrische. Ich betrachte sie und rieche ihren erdigen Duft, den nur der Winter hervorbringen kann. Das Laub fühlt sich unter meinen Sohlen hart an, und wenn ich auf es trete, scheint es auseinanderzubrechen. Vögel umgeben mich, zwitschern ihre Wintermelodie, die langsam und leise fließt, der Jahreszeit angepasst. Sie suchen wohl Sämereien, die letzten Beeren an den Sträuchern. Saatkrähen sitzen auf Ästen, ziehen ihre Köpfchen ein, die Füße sind unter aufgeplustertem Gefieder versteckt. Weitere Tiere zeigen sich mir nicht.

Stecke auch ich im Winter meines Lebens? Ist meine Endzeit gekommen, der letzte Abschnitt meiner Lebenszeit? Fühlt sich so der Tod an, indem man nicht mehr fühlt? Kann nicht mehr erneuert werden, was Menschen einem genommen haben? Wiederbelebtes Vertrauen? Bin ich zu schwach, um einem neuen Frühling entgegenzutreten?

Tränen, wohin sind sie versickert, die Gefährten meiner Kinder- und Jugendzeit? Wo haben sie sich versteckt, die, die mich ein langes Stück meines Erwachsenenlebens begleiteten? Glaube an die Menschen, Liebe zu den Menschen, Hoffnung für die Menschen, wohin sind sie gegangen? Waren sie nur flüchtige Gäste, deren Fortgehen vorprogrammiert war? Bin ich die Fichte, die den Winter nicht überleben wird, die vergeblich auf Lebensfarbe wartet, auf sattes Grün?

Oft will ich Gefühl greifen, es wieder in mich pflanzen, es in mir vermehren, doch es gelingt mir nicht. Oft kann ich Gefühl nicht erkennen, und wenn ich es sehe, zerfließt es mir zwischen den Fingern, die versuchen, es zu halten. Ich kann nicht erzwingen, für was die Zeit noch nicht reif ist oder nie mehr reif sein wird. Schmeckt so der Tod? Wie schmeckt der Tod? Dass er dunkel ist, ahnen wir, dass er erdig schmeckt, nehmen wir an, dass er verwestes Fleisch ist, wissen wir. Ist ein Leben lebenswert, wenn Gefühl fehlt, die Erinnerung an Verlorenes aber nicht weichen möchte? Ist ein Leben lebenswert, wenn es faulig schmeckt wie verrottender Mensch?

Intuitionen

Ich erinnere mich.

Vor nicht allzu langer Zeit, donnerstags, kurz nach 23 Uhr, schloss ich die Haustür hinter mir zu, hängte meinen dicken Wollmantel an seinen, ihm bestimmten Platz, betrat mein Wohnzimmer, schenkte mir ein Glas dunkelroten schweren Bordeaux ein. Dieser war von mir, kurz bevor ich meine Wohnung gegen 19 Uhr verlassen hatte, entkorkt und in eine Karaffe gegossen worden, damit er atmen konnte, seinen Charakter ausbildete, ich seinem Geist Freiraum schenkte.

Nun setzte ich mich in meinen Sessel, das Glas in der linken Hand haltend, die rechte lag auf der Armstütze, und schaute aus dem Fenster. Schwarze Umrisse tanzten in der Dunkelheit, Sterne beleuchteten, was nur wenige sehen konnten, sich mir aber überdeutlich zeigte: Schattengestalten, dem Licht abgewandt. Kreaturen, die vor der Helligkeit des Tages flohen, weil sie die Sonne nicht ertrugen.

Ich war aus einer Theateraufführung gekommen. Rainer-Maria Rilke war gelesen worden. Nun ließ ich mir einige seiner Gedichte durch den Kopf gehen. Rilke war ein wort- und gefühlsgewaltiger Lebensbeobachter, Lebensfühler gewesen und mir, seit ich mich zurückerinnern konnte, ein Freund, mit dem ich mich treu verbunden fühlte.

Ich schwenkte das dunkle Getränk und verlor mich im Strudel, den der Wein in der großen Glastulpe bildete. Sein Bouquet drang mir in die Nase, machte mich benommen. Mein Blick tauchte tiefer und tiefer in Dunkelheit, ich erkannte das Leben, das zu sterben drohte und mir zu verstehen gab, Rilke konnte mich nicht mehr berühren.

Seit ich zurückdenken, die Erinnerung an vergangene Tage greifen kann, hatte Rainer-Maria Rilke in mir einen Gefühlssturm ausgelöst allein durch seine Worte, durch seine Gedichte, die er den Menschen hinterlassen hatte. Es hatte mich der Panther zum Weinen gebracht, es hatten mir die Engellieder neue Erkenntnisse für mein künftiges Leben geschenkt. Er hatte seine Farben mit meinen gemischt und mich inspiriert, der Welt meine eigenen Farben zu schenken. Er hatte mich mit seinem Feuer aufgeheizt, und ich war bereit gewesen, es als einer seiner Fackelträger weiterzugeben.

Nun blickte ich in Dunkelheit. Viktor hatte mir mein Feuer ausgeblasen, mir die Farben genommen, mir Rilke stumm gemacht. Vor wenigen Stunden war mir der Freund rezitiert worden, und ich hatte angespannt jeder Silbe gelauscht, die die Schauspieler gesprochen hatten, die mit Musik untermalt waren. Und ich hatte mit jeder von mir vernommenen Strophe gewusst, dass er gekämpft und gelitten hatte wie ich. Ich hatte ihn gehört, vor einigen Stunden, doch die Worte drangen nicht mehr in mich ein, berührten mich nicht mehr, erreichten den Grund des Herzens nicht, prallten auf der grauen Haut ab. Gefühl, auch für Rilke, hatte sich verflüchtigt.

Die dunklen Schatten vor meinem Fenster spiegelten mein Inneres wieder. Der Blick aus ihm zeigte mir Schwärze, die in die Unendlichkeit zu führen schien und kein Licht zuließ. Der Rotwein übernahm die Oberhand, machte mich benommen, trieb mich durch dunkle Gedankengassen, die an ihren Enden in die Tiefen der Leere stürzten. Hatte man Rilke damals auch versucht zum Schweigen zu bringen, indem man ihm Dolche in sein Herz getrieben hatte, wie das bei mir der Fall gewesen war?

Der Verlust des Fühlens machte mein Leben arm, das wusste ich, und in Stunden der Erkenntnis wollte ich sterben. Jetzt wollte ich sterben, da ich Rilke nicht mehr fühlte.

Ich trank das Glas leer, ohne es abzusetzen, ohne sein Bouquet auf mich wirken zu lassen, und schenkte mir sofort nach.

Menschen, die vor Glück strahlten, machten mich nachdenklich. Menschen, die Liebe widerspiegelten, erinnerten mich an meine eigene Leere. Ich erkannte in ihnen, dass sie mit der Schöpfung im Einklang standen, während ich in einer trüben Suppe aus nicht verarbeiteten Emotionen stapfte, die Augen vor dem schloss, was mich in diesen Sumpf aus Abartigkeiten und Perversion geworfen hatte.

Rotwein bedeutete Heilung für eine Nacht. Der Bordeaux verhalf mir zu der Auszeit, die ich brauchte, um schlafen zu können, mich nicht im Verlust verlorener Gefühle zu suhlen, sondern um einem neuen Tag entgegenzugehen.

* * * *

Ich erinnere mich. Am nächsten Morgen war der Kopf schwer, aber die Gedanken klar und viele Fragen fanden sich ein. Musste man, um in die Zukunft zu gehen, sich seiner Vergangenheit stellen? Musste man sich intensiv mit ihr auseinandersetzen, sie noch einmal durchleben, um neue Erkenntnisse zu finden, die neue Wege aufzeigten? Wenn man das nicht tat, hängte man dann in einer Zeitschleife oder einem Vakuum fest, das eine ständig verdrängend, nicht hinter sich lassend, das andere nie mehr erreichend? Steckte man dann für immer im mittelgrauen Morast entschwundener Farben, versank im Lauf der farblosen Jahre komplett in der Leere? Löste sich auf?

Ich hatte in den vergangenen Jahren bewusst meine Erinnerungen an die Viktor-Spiele und den mir zugefügten Schmerz verdrängt, hatte die Menschen verdammt. Rilke führte mir vor Augen, dass nun die Zeit gekommen war, einen Schritt auf das Leben zuzugehen. Der Schritt, das spürte ich, würde wichtig für mich sein, um wieder wegen des eingesperrten Panthers weinen zu können, um die Engel zu fühlen, um den Freund an meiner Seite zu spüren. Doch wo anfangen, wo aufhören? Der Mensch stand im Zentrum meiner Leere. Der Mensch trug den Namen Viktor.

Meine Intuition machte sich bemerkbar, zuerst ganz sacht, leise, flüsterte mir zu, mir den Menschen genauer zu betrachten, und sie wurde, als ich nicht auf sie reagieren wollte, laut. Der Mensch sei der erste Schritt zu meiner Heilung, versprach sie mir. Der Mensch habe mir Wunden zugefügt, mit denen ich mich auseinandersetzen solle. Der Mensch sei, wie er sei, und ich müsse ihn als diesen erkennen und dadurch meinen weiteren Weg finden. Der Mensch habe alles Berauschende aus mir gesaugt, das einst meine Triebfeder im Lebenszeitenuniversum gewesen war. Der Mensch sei die Antwort auf meine zukünftige Existenz.

Ich verstand. Ich vertraute mich meiner Intuition an. Ich ließ mich von ihr leiten. Sie fasste mich bei der Hand, führte mich in eine Klosterkirche, in der ich umgeben war von göttlicher Liebe und Zuversicht in die Zukunft. Ich setzte mich auf eine Kirchenbank, wusste, an diesem Ort würde ich sicher sein, konnte, ohne Angst zu bekommen, meine Studie am Objekt Mensch beginnen.

Der Mensch ließ nicht lange auf sich warten. Er durchschritt das Hauptportal, tauchte seine Finger in geweihtes Wasser, zeichnete das Kreuz Christi auf Stirn und Brust – im Namen des Vaters und des Sohnes und des Heiligen Geistes – betrat das Hauptschiff, den Altarbereich, trat vor den Hauptaltar, hob den Blick gen Himmel, betrachtete sich die alte, prunkvolle Orgel auf der Empore, verschwand in die Kreuzgänge, die Nebenschiffe, den Marienaltar, zündete ihr zu Ehren drei Kerzen an, saugte die mittelalterlichen Gemälde an den Wänden in sich ein. Der Mensch war neugierig auf das, was er sah, doch er war nicht gewillt, ein Gespräch mit seinem Schöpfer oder der Muttergottes zu suchen.

Auch ich war neugierig auf das, was ich sah. Hatte ich mir doch einen neuen Blick auf den Menschen erhofft, nahm ich schon nach wenigen Sekunden des Betrachtens wahr, dass er von dem Bild, das ich mir die vergangenen Jahre über von ihm gemacht hatte, keinen Millimeter abwich. Der Mensch war seicht und oberflächlich, seine Spiritualität war aus ihm gewichen. Spuren von ihr waren nicht mehr zu erkennen, auch nicht, wenn er sich tausendmal an einem Tag mit dem Kreuz Christi zeichnete, auch nicht, wenn er alle Kerzen dieser Kirche zu Ehren Marias anzündete, auch nicht, wenn er literweise Weihwasser trank.

Ich erkannte, dass er so grau war wie ich, dass auch in ihm keine Farbe existierte. Meine Augen realisierten den Schein seiner Aura, die wenig von dem bunten Glanz des Lebens hatte, den ich mir in ihm zu sehen erhoffte. Die Aura umgab ihn groß, machtvoll, legte Düsternis über ihn und errichtete eine Barriere vor seinen Augen, die ihn blind für den Weg ins Licht machte.

Mein Blick drang tiefer in ihn ein, in den Menschen, kroch ihm unter die Haut, als er in der Mitte der Kirche zum Halten kam und sich die Decke betrachtete. Sein Körper war prall gefüllt mit seinen Innereien, Gefühl konnte ich nicht erkennen, es war nicht vorhanden. Inhalte wie Mitgefühl und Verstehen mit der Natur, den Tieren, den Artgenossen fehlten gänzlich. Stattdessen zeigte sich mir bloßer Egoismus, blanker Narzissmus, zerstörende Kraft, alles mit sich in den Abgrund zu reißen, was nicht in sein Grau passte. Ich fühlte in diesem Menschen das, was ich auch in Viktor gesehen hatte, damals, als ich bereit gewesen war zu gehen. Ich erkannte tief in seinem Inneren die Dunkelheit, die das Licht fraß.

Angetan vom Grau, das meinem glich, konnte ich nicht von ihm ablassen. Wusste der Mensch von seiner inneren Leere? Suchte er vielleicht in dieser Kirche nach etwas, das ihn ausfüllen, das ihn wieder zum Leuchten bringen würde? Flehte er mit der Beigabe der Kerzen die Muttergottes Maria an, ihm den Blick der Kindheit wieder zu schenken? Bat er unbewusst, ohne dass es ihm klar war, Jesus Christus, ihm den Weg ins Licht zu zeigen?

Ich erhob mich aus meiner Kirchenbank, begab mich zu seinem Standplatz.

Wäre es denn möglich, so begann ich mein Gespräch, ob wir uns vielleicht kurz über sein ihm abhandengekommenes Gefühl unterhalten könnten?

Erstaunt darüber, von einer wildfremden Person auf etwas so Persönliches wie Gefühl angesprochen zu werden, betrachtete er mich lange, abschätzend, atmete schwer aus und ein, antwortete mir mit langen, bedächtigen, sorgsam gewählten Worten, was ich denn in drei Gottes Namen von ihm wolle. Er stehe hier inmitten dieser Kirche, suche die Einsamkeit und werde durch mich aus dem Zwiegespräch mit Gott gerissen.

Ich wolle nichts Böses, bekräftigte ich, mir sei einfach aufgefallen, dass sich sein Gefühl verflüchtigt habe. Mich interessiere brennend, wie er mit diesem Verlust umgehe.

Er verstehe nicht recht, von welchem Gefühl ich spräche, entgegnete er. Wenn ich die Empathie meine, sei sie doch vorhanden. Sie existiere tief in ihm. Er versuchte, indem er seine Stimme erhob, mir dies klarzumachen. Zur Bekräftigung seiner Worte legte er die Hand auf seine Herzbrust.

Eine erneute Pause entstand, in der wir uns beide still betrachteten. Irgendwann brach er das Schweigen, fragte mich, wie ich auf eine so abstruse Aussage wie die gerade von mir getroffene kommen würde. Er schien sich über mich zu ärgern, ich roch sein Adrenalin, das ihm nun in großer Menge durch die Adern schoss, aus seinen Poren trat.

Ich sei eine Sucherin, entgegnete ich in ruhigem Tonfall, die Liebe und Licht finden wolle, ich bei ihm beginnen würde, leider Gefühl nicht erkennen könne. Seine Augen durchbohrten mich mit giftigem Stachel. Ich hielt ihnen Stand.

Wieso ich ausgerechnet in ihm suchen würde?, wollte er wissen.

Die Suche in ihm sei dem Zufall geschuldet. Er stehe für den Menschen im Allgemeinen, den Viktor in jedem Mann, entgegnete ich, der sich aus freiem Willen im Haus des Lichts und der Liebe bewege. Deshalb sei davon auszugehen gewesen, dass er beides in sich trage und in dieser grauen Zeit sein Bündnis mit dem Schöpfer erneuern wolle, außerdem Liebe von der Heilandmutter erbäte. Dass es so düster in ihm sei, hätte ich nicht erwartet.

Verächtlich, abwertend, schüttelte er seinen Kopf über meine Aussage.

Nun, meinte er, dann müsse es wohl an mir liegen, dass ich nicht sehen könne. Ich sei ja nicht Jesus Christus, würde nicht in ihm lesen wie in einem offenen Buch und solle mir das gefälligst auch nicht einbilden. Ich sei einfach eine törichte, mittelmäßig aussehende Frau und nicht berechtigt, Gefühl zu erkennen, das er nicht jedem zeigen wolle.

Die Nasenflügel bebten ihm. Die Augen weiteten sich, traten mir entgegen, kullerten fast aus den Augenhöhlen. Der Hals färbte sich violett. Ich fühlte seinen Zorn, den er gegen mich richtete. Er war im Begriff, sich von mir abzuwenden, da nahm er das Gespräch doch noch einmal auf. Offensichtlich hatte ich ihn an einer Stelle berührt, die ihn empfindlich reagieren ließ.

Mein Blick reiche wohl nicht so tief, um Visionen zu erkennen, die ihn ausmachten. Visionen, die zu groß seien, als dass mein kleiner beschränkter Geist sie begreifen könne. Er stieß mir die Worte laut und hart in meinen Verstand und hoffte, mich erniedrigt und damit zum Schweigen gebracht zu haben.

Ruhig sein konnte ich keinesfalls, da ich mich nun herausgefordert fühlte und neugierig auf die nächste Antwort war. Was denn Visionen seien? Ich bestand sehr impulsiv auf dieser Antwort, sodass der Mensch die Geduld mit mir verlor und die Beherrschung mir gegenüber. Laut schlug er mir Worte um die Ohren.

Visionen seien Gefühle, große Gefühle zu Projekten wie dem Flug zum Mars, die sich in der Zukunft manifestieren könnten. Visionen seien Träume, von Gott geschenkt, der das ganz Große im Menschen zutage befördere, der das Genie im Mann ins Leben werfe. Daraus resultiere die Begeisterung, die sich in Liebe zur Technik ausdrücke. Und da sei es, das Gefühl, die Liebe stecke in ihm. Ich solle nur richtig schauen. Es wäre alles vorhanden, was wichtig für ein Menschenleben sei, bekam ich zur Antwort.

Ich folgte seiner Aufforderung, blickte noch einmal in ihn hinein, erkannte seine große Leere, die sich in seinem ganzen Körper ausgedehnt hatte. Wenig überrascht über diese zweite Erkenntnis brachte er mich doch durch seine Aussage zum Grübeln. Der Mensch bezeichnete Gott als Männerfreund und -förderer. Hatte er bewusst die Frau ausgeklammert? War Gott selbst männlich? Wollte mir der Mensch gerade klarmachen, dass Frauen im 21. Jahrhundert sich tatsächlich immer noch im Schatten des Lebens aufhielten, sich dem Mann zu unterwerfen hatten?

Sei die Veranlagung, Visionen zu haben, nur eine männliche Eigenschaft? Ich dächte da, passend zu dem Ort, an dem wir uns gerade befänden, an die Visionen der Hildegard von Bingen. Sie, die große Geistliche, sei eine Visionärin gewesen, gerade so wie er selbst. Sie habe sich zu einer ernst zu nehmenden Gelehrten entwickelt, die sich in der Kirche, der Natur- und Heilkunde einen Namen gemacht habe.

Sein empörter Blick kroch mir unter die Haut, machte mich unsicher.

Also, diese Frage könne ich mir selbst beantworten, meinte er in erniedrigendem Tonfall. Ich solle doch durchgehen, wer die Erfinder auf dieser Welt waren. Frauen seien da kaum vertreten unter den Großen.

Seien denn in solche Männer-Visionen die Tiere und die Natur mit eingebunden, wenn schon die Frauen aus seinem Denkmuster fielen, wollte ich wissen.

Tiere und Natur seien viel zu unwichtig. Tiere seien instinktgetriebene Geschöpfe, ebenso wie die Frauen. Ohne Verstand. Beide lebten in einer Natur, die uns ernähre, entgegnete mir der Mensch. Visionen bräuchte die Menschheit, um vorwärtszukommen. Tiere seien Depots für allerlei Krankheiten, die uns Visionäre bedrohten. Wenn man sie allerdings heiß brate, schmeckten sie köstlich und seien keine Gefahr mehr für den Menschen. Mit der Natur verhalte es sich ähnlich, sie sei Unkraut, das die Menschheit einzig für ihre erhabenen Ziele benötige. Was die Frau genau sei, könne er mir in einem schnellen Gespräch zwischen Altar und Kirchenportal nicht beantworten, es tue ihm leid, ich solle das verstehen.

Kurz verstummte ich, denn der Mensch griff mir mit seinen verächtlichen Worten in den Kopf, sodass mir schwindlig von seiner Aussage wurde. Er versuchte bewusst, mit ausgedrückter Verachtung gegen das Leben mich zu verletzen und mich zum Schweigen zu bringen. So unsachlich sollte ein Gespräch nicht laufen, so herzlos sollte sich ein Mensch nicht verhalten.

Was passiere mit Gottes Schöpfung, mit der sich unser aller Vater die meiste Zeit seines Schöpferprozesses beschäftigt habe, mit der Natur, den Tieren? Der Mensch sei gerade dabei, alles zu zerstören in seinen Visionen, dabei sei er selbst doch wohl eher ein Nebenprodukt des eigentlich Großartigen, des Göttlichen!

Gott habe dem Menschen den Verstand gegeben, die Dinge zu tun, die er tue und ihn weiterbrächten, entgegnete er. Sollte der allmächtige Schöpfer mit diesem Weiterkommen nicht einverstanden sein, könne er den Menschen doch jederzeit zum Schweigen bringen, in seinen Aktivitäten einbremsen, er habe doch wohl die Macht dazu. Da er das nicht tue, sei er offensichtlich auf unser aller Seite.

Der Atem stockte mir. Gab es eine Macht auf Erden, die in der Lage war, den visionären Mann einzubremsen? Wohin würde der Verstand ihn bringen? In den Rausch der absoluten Befriedigung, Materie umformen zu können, sie zu beherrschen? Seien denn solche Visionen mit Macht- und Geldgier gleichzusetzen?, wollte ich wissen.

Auf diese Frage hin wurde ich als Unwissende milde belächelt und als unwichtiges denkendes, duseliges weibliches Wesen abgetan. Wie konnte ich es wagen, den Lebensvisionär im Haus Gottes mit Fragen zu belästigen und in Erklärungsnot zu bringen? Er wendete sich von mir ab, verließ mich und das Gotteshaus. Ich schaute ihm aufgewühlt, tief bewegt hinterher.

So stand es also um den Menschen. Er war keines Gefühls fähig, träumte stattdessen von materieller Befriedigung und Entdeckung neuer Welten, die er in den Mantel der Vision Marsmission steckte und sich selbst belog.

Viele Gedanken kreisten in mir, bewegten sich um den Visionär, ließen sich nicht ordnen. Und je chaotischer sie in mir wirbelten und sich neu zusammenfanden, desto stärker deutete sich das Erkennen ab, dass der Mensch das unnützeste Lebewesen auf diesem Planeten war. Auf meine Erkenntnis hin folgte Ekel. Ich ekelte mich vor dem denkenden Menschen. Ich ekelte mich vor seinem lieblosen Herzen. Ich ekelte mich davor, dass er alles zerstörte, was nicht in sein Weltbild passte. Ich ekelte mich vor *DEM*, den ich einst vergöttert hatte, dem ich einmal gefallen wollte, für den ich alles bereit gewesen war zu tun.

Gänsehaut kroch vom Menschen, genannt Viktor, auf mich über. Er hatte sich vor meinen Fragen gegruselt, die ihm vielleicht seine ganz eigene Erkenntnis über sich selbst vor Augen hielten; ich gruselte mich vor seinen Visionen, die keinen Platz für Gefühle zuließen. Einst hatte ich den Menschen mit verklärtem Blick und aufgeweckten, neugierigen Augen gesehen. Wann war *EINST* gewesen? Lag *EINST* damals, in Kindertagen, in Jugendzeiten? Wie hatte *EINST* in meinen Träumen ausgesehen? Wann war *EINST* gegangen?

Auf diese Fragen folgte eine für mich wichtige erste Erkenntnis. Ich empfing sie im heiligen Haus Gottes. Ich erkannte, indem ich Ekel empfand, dass ich fühlte. Ich war nicht, wie geglaubt, ganz leer. Ein Gefühl, auch wenn es kein angenehm erfüllendes, wärmendes war, hatte sich eingestellt, breitete sich in mir aus. Viktor hatte nicht alles in mir ausgelöscht. Gefühl war mir geblieben, Ekel trat mir entgegen, groß, gewaltig.

War dieser Ekel tatsächlich nur von dem Visionär Mensch ausgelöst worden oder immer präsent gewesen? Hatte ich ihn nur nie mehr wahrgenommen, weil ich mich von der Menschheit in den vergangenen Jahren komplett zurückgezogen hatte?

Mich noch immer im Gotteshaus befindend, schloss ich die Augen, versank ganz tief in mich, wurde eins mit der Stille in diesem ehrfürchtigen Gebäude, stellte den allwissenden, in diesem Gemäuer beheimateten Geistern die Frage, was Ekel sei und woher er komme. Ich wartete im gedankenleeren Raum auf Antworten.

Bilder traten in mein Bewusstsein, sickerten aus meinen Kinder- und Jugendtagen in die Gegenwart. Damals, ich sehe es genau vor mir, hatte ich mich vor dem geekelt, was sich mir nun in meiner Innenschau zeigte: Insekten, Spinnen, Käfer und Böcke, fliegend oder auf dem Boden krabbelnd. Sie waren meine Phobien gewesen, damals, als ich einen knappen Meter gemessen hatte und nicht wusste, dass man, um Amerika zu erreichen, um die halbe Welt reisen musste.

Schreckliche Angst hatte mich damals geplagt, der Ekel vor ihnen war unendlich groß gewesen. Ja, ich spürte ihn nun wieder, wie ich ihn in Kindertagen gefühlt hatte. Insekten und Spinnen waren kleiner als ich, und doch spielte die Körpergröße wohl keine Rolle bei diesem Gefühl. Damals wusste ich, sie konnten sich lautlos anschleichen, ohne dass ich sie wahrnahm. Sie konnten mich überfallen, ohne dass ich dies zu verhindern in der Lage war. Obwohl sie einen Bruchteil von mir wogen, konnten sie todbringend sein. Sie konnten stechen, beißen, konnten sich an mir festsaugen, mich als Eiablage benutzen, konnten mich aussaugen. Ich fühlte die Widerhaken an den Enden ihrer dünnen Beinchen, mit denen sie sich auf meiner Haut festhielten, die es ihnen ermöglichte, auf glatten Flächen nicht abzurutschen. Ich hörte die fliegenden Körperchen brummen, manchmal sogar dröhnen, fühlte den Schrecken in mir, als ich erkannte, dass sie sich auf mir niederlassen wollten und ihnen nicht entkommen konnte. Ich fühlte mein Entsetzen, ich fühlte, dass ich mich instinktiv schlagend zur Wehr setzen musste. Ich fühlte den Ekel vor ihnen, damals, vor vielen Jahren.

Irgendwann in meinem Erwachsenenleben war der Insekten-Ekel verflogen. Er hatte mich schleichend verlassen, ohne sich von mir verabschiedet zu haben. Er war gegangen, so leise, wie Insekten sich auf ihren Beinen fortbewegten. Ich beobachtete sie fortan mit allergrößtem Respekt und Bewunderung. Ich begriff, die Evolution hatte faszinierende Wesen hervorgebracht, die Evolution machte keine Fehler.

Mir wurde klar, dass besagte Ekelerreger meiner Kinder- und Jugendzeit nun vom Menschen abgelöst wurden. Hatte der Mensch sich nicht genauso verhalten, wie es Insekt und Spinne taten? Schlich er sich nicht ebenso lautlos an, biss zu, saugte Lebensenergie aus einem? Kam beim Menschen nicht sogar die Verschlagenheit, die Falschheit hinzu, die dem Insekt, der Spinne gänzlich fehlten? Verwüstete er nicht bewusst, was vorher geblüht hatte? War Ekel folglich der natürliche Selbsterhaltungstrieb, vor dem zu flüchten, was man am meisten fürchtete?

Unzählige Male war ich in meinen Träumen vor Menschen geflohen, ohne von der Stelle gekommen zu sein, ohne mich vor ihnen in Sicherheit gebracht zu haben. War es eine Tatsache, dass man sich nicht vor *IHM* in Sicherheit bringen konnte, wenn man träumte und vor *IHM*, dem Ekelerreger floh? Wusste das Unterbewusstsein, dass man sich viel mehr *IHM* stellen musste, um das sichere Ufer erreichen zu können? War das Unterbewusstsein so intelligent, diese Botschaft zu übermitteln?

Ich verließ meine mir sicher geglaubte Kirche, begab mich in eine stark frequentierte Fußgängerzone. Zum ersten Mal, seit ich wieder grau war, mischte ich mich unter eine größere Ansammlung von Menschen. Ich benötigte Antworten von *IHM*.

Ich setzte mich *IHM* nun bewusst aus, dem Menschen. Und spürte *IHN*, den Menschen. Er rempelte mich an. Er quetschte sich an mir vorbei. Er stolperte mir über die Füße. Er hustete mir ins Gesicht. Und ich ekelte mich vor ihm.

Ich begab mich mit ihm in einen Fahrstuhl, fuhr mit ihm in einem Kaufhaus über drei Etagen nach oben. Ich fühlte, der Mensch kam mir zu nahe, ohne vor ihm flüchten zu können. Mein Magen begann sich zu verkrampfen, wollte sich entleeren, das Herz begann zu rasen, der Blutdruck sackte ab, mir wurde schwarz vor Augen, ich war einer Ohnmacht nahe, atmete schwer. Wir hatten das gewünschte Stockwerk erreicht, die Türen öffneten sich, der Mensch stieg aus, der Ekel verschwand.

Ich weiß noch, dass ich damals, als mich beim Anblick der Spinnen und Insekten Ekel überkam, ein Stück vor ihnen zurückwich, sie mir aus sicherer Distanz betrachtete und mich wohler dabei fühlte. Als ich nun mit dem Menschen dicht gedrängt im Aufzug gestanden hatte, überkam mich weder der Wille, ein Stück von *IHM*, dem Menschen abzurücken, noch vor *IHM*, dem Menschen, zu fliehen. Er hebelte meinen Überlebensinstinkt allein durch seine bloße körperliche Nähe zu mir aus. Im Fahrstuhl hatte ich fast aufgehört zu existieren.

Ich erkannte, im Gefühl gab es Steigerungen. Gefühl war nicht gleich Gefühl, Ekel nicht gleich Ekel, Liebe nicht gleich Liebe. Der Ekel vor dem Insekt war nicht der gleiche wie der vor dem Menschen. Der Menschenekel stellte sich als größer heraus im Vergleich zum Spinnenekel. Somit war der Mensch der Katalysator für mein ganz persönliches überdimensioniertes Gefühl, konnte in der Tat das Ende meiner Existenz bedeuten.

Wo befestigt man die Messlatte dessen, was niemals gemessen werden kann, wie hoch oder tief man fühlt?

Abgrundtiefer Ekel vor dem Menschen steckte in jeder meiner Zellen. Naturgegeben war dieser gegen meine eigene Art nicht, ich hatte ihn erworben, in meiner Vergangenheit, hatte zu viel Angst vor ihm haben müssen. Doch war er nicht auch ein Schutz, mich künftig in meinem Leben in Acht zu nehmen?

Sean

Es gibt einen Menschen, vor dem ich mich nicht ekle, mit dem ich über das reden kann, was mich bewegt. Sean. Ich lernte ihn vor langer Zeit kennen, damals, als ich mich täglich in meinem Buchenwald aufgehalten hatte, als ich im Schatten meiner Freundin lag und nicht mehr leben wollte. Von irgendwoher war er gekommen, irgendjemand hatte ihn mir an meine Seite gestellt.

Einige Tage, nachdem ich mich *DEM* Menschen gestellt hatte, nahm ich das Telefon in die Hand, wählte Seans Nummer, bat ihn, mir bei der Suche nach meinen verlorenen Gefühlen zu helfen, und er willigte sofort ein. Wir trafen uns an meinem See, fielen uns in die Arme, weil wir uns seit mehreren Monaten nicht mehr gesehen hatten. Ich befragte ihn nach seiner Frau, seinen Kindern, nach dem Hund.

Wir hatten den See zur Hälfte umrundet, uns warm geredet, als er mich ernst anblickte, mich bat, nun in der Funktion des Gefühlssuchers, zu dem ich ihn erkoren hatte, mehr darüber zu erfahren, was genau er finden sollte. Ich war dankbar, dass er mich direkt auf mein Anliegen ansprach, und erzählte ihm, mir sei vor Kurzem bewusst geworden, dass ich die Gedichte von Rainer-Maria Rilke nicht mehr fühlen könne, was einen sehr großen Verlust für mich bedeute. Und an jenem Abend, als mir Rilke in die Nebel der Gefühllosigkeit versank, erkannte ich, dass ich leer war.

Und nun tauche doch noch etwas auf in mir, das mir im Gotteshaus entgegengetreten sei: mein neues Empfinden, mein Ekel dem Menschen gegenüber.

Sean blickte mich ernst an. Verstand. Er musste nicht lange überlegen, bis er Worte an mich richtete. Das Wichtigste im Leben sei zu lieben, antwortete er.

So schnell war die Antwort gekommen, so richtig fühlte sie sich in mir an. Sean, ein sehr tiefer Mann in seiner Weltanschauung und seinen Gefühlen zu den Menschen, den Tieren, der Natur, sagte das mit einer Bestimmtheit, die in Liebe geboren und ich in diesem Moment in ihm zu erkennen in der Lage war. Ich schaute ihm in seine blauen, ehrlich blickenden Augen und nickte wissend. Er meinte, was er sagte, und versuchte danach zu leben, alles zu lieben, was Gott und seine Schöpfung betraf. Ich erkannte eine starke Energie aus ihm herausströmen, die wie ein Regenbogen schillerte. Mein Sean besaß all die Farbe, mit der ich auch einst geleuchtet hatte. Ich sah ihn strahlen, spürte in diesem bunten Schein in mich. Verglich ihn mit mir, erschrak über mich. Außer dem Ekel war da nichts in mir, was andere wahrnehmen konnten, und wenn ich mich in meine Wohnung verkroch, die Menschen nicht um mich herum spürte, war er verschwunden. Ich war leer.

Ich möchte auf meine innere Leere kurz näher eingehen. Sie hatte sich vor einigen Jahren eingestellt, war mir zuerst überhaupt nicht aufgefallen, da Viktor-Schmerz alles in mir überlagert und mir jegliches Gefühl bis zur Taubheit verletzt hatte. Doch der Schmerz war gegangen, irgendwann. Was auftauchen sollte, Lebensfreude, Lust auf ein Leben nach Viktor, Gefühle, stellten sich nicht ein. Stattdessen sah ich, wenn ich in mich blickte, Ödnis, Wüste. Sie fühlte sich wie *NICHTS* an. Das *NICHTS* kann kein Gefühl erzeugen, daher war ich leer. Wer *NICHTS* fühlt, fühlt *NICHT*, hat kein Gefühl. Alles, was ich von früher her kannte, was das Leben schön gemacht hatte, war nicht mehr vorhanden, und ich hatte es bis zum heutigen Tag nicht mehr wiedergefunden.

Das Wissen, dass Sean ein absolut ehrlicher Mensch war und in tiefer Freundschaft zu mir stand, verband mich eng mit ihm. Er liebte, er sah in jedem Menschen Licht, Gutes. Er würde selbst in jemandem, der einen Mord begangen hatte, etwas Erhabenes erkennen können. Wo nahm er all die Liebe her, die er versuchte, jedem von uns zu schenken? Ja, er war ein guter Mensch, während ich mich nicht einzusortieren wusste im Menschengewimmel. Und nun sprach er so selbstverständlich über die Liebe, als wäre sie das Natürlichste, das man in sich trug. Das war so typisch Sean, und anscheinend sah er mir an, dass mich seine Antwort durcheinandergebracht hatte.

Ich sei plötzlich so aufgewühlt, gleichzeitig wortkarg, stellte er fest, ich hätte ja nichts zu sagen. Sei denn alles zwischen ihm und mir für heute schon ausgetauscht?

Nun, antwortete ich, natürlich gäbe es da noch viele Themen, über die wir sprechen könnten, doch was mich jetzt beschäftige, sei die Liebe, da er sie ja gerade ansprach. Warum er ausgerechnet die Liebe genannt habe? Und was denn Liebe bedeute? Jeder verstünde unter besagtem Begriff etwas anderes.

Er nickte zustimmend. Wie ich die Liebe denn verstünde, wollte er von mir wissen, vielleicht sei sie mir nie abhandengekommen, nur mein Blick habe sich gewandelt? Vielleicht könne ich sie derzeit nicht in mir erkennen?

Ich hätte mir nie Gedanken über sie gemacht, antwortete ich. Sie sei einfach immer in mir getrieben, von Geburt an. Sie habe sich stark und tief in mir angefühlt, mein Handeln sei nach ihr ausgerichtet gewesen. Aber von Anfang an sei mit meiner Liebe etwas nicht ordentlich gelaufen. Der Verdacht bestünde, falsch geliebt zu haben, jeden mit meiner Liebe erdrückt zu haben, vielleicht auch zu große Anforderungen an sie selbst gestellt zu haben. Keiner sei mehr bereit, mich zu lieben. Nun würde ich sie nicht mehr in mir fühlen, die Liebe. Ich würde nichts mehr fühlen. Es gäbe nichts und niemanden mehr, dem ich irgendetwas entgegenbringen könne außer dem Ekel. Ja, der Ekel sei gewaltig groß in mir.

Stille.

Nein, das stimme nicht ganz, korrigierte ich mich nach kurzem Schweigen, ein paar Menschen würde ich wohl noch vertrauen, sie schätzen, eingeschlossen ihm. Ansonsten gelte für den Rest der Menschen, dass ich sie sowieso nicht mehr achten könne, da sie alle böse seien. Da tue sich ein riesengroßes Loch in mir auf, das nicht mehr gefüllt sei, sich wie ein Vakuum verhalte, das die in mir nicht mehr existierende Liebe hinterlassen habe. Käme mir ein Mensch freundlich entgegen, verschlucke das Vakuum die Freundlichkeit, übrig bliebe für mich wiederum nur die Leere.

Seans Augen trübten sich ein. Offenbar verstand er und bemitleidete mich wegen meines Verlusts. Er spürte, dass ich nicht mehr in der Lage war zu lieben. Freundlich zu sein hatte ich nicht verlernt, es war mir anerzogen worden, jedem gegenüber, der mir begegnete, doch zu mehr war ich nicht bereit, nicht fähig.

Eine Gesprächspause entstand, in der wir uns beide nun sortierten und neu positionierten. Dann setzte er an. Er habe die Liebe angesprochen, weil sie das Über-Gefühl sei, aus dem alle anderen Gefühle entstünden. Ich solle mich nicht mit weniger kleinen Gefühlen zufriedengeben, sondern gleich auf das Stärkste von allen zuschreiten. Ich müsse die Leere füllen, mit Liebe durchfluten. Nur, wenn ich sie wieder finden könne, kämen doch all die anderen Gefühle auch wieder, das Mitleid, Mitgefühl, die Nachsicht, Zuversicht. Alles, was den Menschen ausmache und mir abhandengekommen sei, würde wieder auftauchen.

Sean nahm mich erneut in seine starken Arme, drückte mich fest an sich, hauchte mir seine Liebe in mein Bewusstsein, damit ich mich wieder an sie erinnern konnte, ließ mich los, schaute mich stumm an. Ja, ich konnte etwas fühlen. Ob es Liebe war, wusste ich nicht genau zu sagen, mir wurde für kurze Zeit warm. Ich legte meine Hand auf meine Brust und versuchte, die Wärme zu halten, sie in mein Herz zu sperren. Doch sie zerrann, zerfloss zwischen meinen Rippen. Sie wollte nicht in mir bleiben. Ich lies sie gehen, nicht wissend, ob es sich bei diesem Gefühl überhaupt um Liebe gehandelt hatte.

Er hätte die Liebe in mir gespürt, kurz sei sie da gewesen, sprach Sean.

Ich könne nicht sagen, was es war. Sollte es denn tatsächlich Liebe gewesen sein? Was denn Liebe überhaupt sei? Ob er mir die Liebe erklären könne, so, wie er sie für sich fühle? Es müsse eine Definition geben. Irgendjemand würde doch sicherlich den Begriff schon einmal für sich und die Menschen festgelegt haben.

Schweigend betrachtete Sean eine Esche, an der wir vorüber schritten. Sein Blick verfing sich in ihren alten Ästen. Er wurde eins mit dem Baum, wie ich eins mit meiner Buche werde, wann immer ich sie besuche. Ich erkannte, dass er nach den richtigen Worten suchte und die Esche um Unterstützung bat. Nach geraumer Zeit wendete er seinen Blick von ihr ab, schaute mich an, drang tief in mich.

Er antwortete mir, Liebe sei das Empfinden, das uns die Berechtigung gäbe, auf dieser Welt leben zu dürfen, das unser Inneres erwärme, das uns Nahrung für die Seele sei, das uns in Frieden mit unseren Mitmenschen auskommen ließe. Kurz gesagt, er brachte die Liebe mit dem Leben und der Seele in Einklang. Er setzte sie in ein Verhältnis, das die Existenz der einen ohne die anderen beiden unmöglich machte.

Ich verstand nicht, wie so oft, wenn mir Sean etwas zu erklären versuchte, das existenziell war. Er sprach in Rätseln, gab mir dadurch gleichzeitig Rätsel auf.

∗ ∗ ∗ ∗

Die Tiefe unseres Denkens, nein, seines Denkens, verschwand. Er begann zu schmunzeln, während ich verbissen über die Liebe grübelte.

»Schau nicht so trüb«, sagte er lachend, »meine philosophischen Ausführungen passen dir nicht immer, so weit habe ich dich durchschaut. Malvchen, spür in dich, die Liebe steckt in dir, ich sehe sie, du leider noch nicht. Aber auch du wirst sie wieder für dich entdecken. Schau dir dieses kleine geschwätzige Meischen an, lass uns reden wie sie, dann kommst du schnell auf andere Gedanken, dann verschwindet dein grimmiger Gesichtsausdruck und du lächelst mich wieder an. Woher kommt eigentlich das Wort *GRIMMIG*? Hört es sich nicht lustig an? Jemand hat den Grimm im Bauch. Heißt das nicht, dass er einen verdorbenen Magen hat? Du hast den Grimm im Herzen, soll heißen, der *MENSCH* hat dich verletzt, enttäuscht, und du hast dich verschlossen und musst dich neu sortieren. Lass diese Feststellung einfach sacken und reflektiere darüber.«

Ich schaute auf die gekräuselte Oberfläche des Wassers, das wir umrundeten, den See, an dem ich vor Jahren viel Zeit verbracht hatte, auch jetzt noch häufig war, und blickte Sean dann wieder in die Augen. Er erwiderte meinen Blick. Berührte meine Stirn. Fühlte den Sturm in mir. Lachte erneut.

»Malve«, entgegnete er nachdenklich nach längerem Schweigen, »große Philosophen betrachteten sich die Liebe«. Ja, mit Worten ist sie definiert. Sie wurde über die Jahrtausende kategorisiert, analysiert, in kleinste Teile zerlegt. Man könnte sagen, sie wurde atomisiert, auf Mensch, Tier, Pflanze übertragen. Aber was soll ich dir sagen, diese Beschreibungen spiegeln nicht annähernd das wieder, was *DU* in der Liebe erlebtest. Du warst Extremfühlerin, möchtest wieder dorthin kommen, in die Bereiche des Extremen. Aber wie beschreibt man Gefühl, Extremgefühl? Mit Wärme? Mit Licht? Mit Lebenselixier? Jeder fühlt sie anders, die Liebe, sieht in ihr etwas anderes, setzt in ihr etwas anderes voraus, missversteht sie unter Umständen. Ich verspreche, die Antwort steckt in dir, ich fühle sie in dir. Ich kann sie dir nicht geben, du musst sie selbst finden, und du wirst sie erkennen, das ist ein Teil deiner Bestimmung. Sie ist dir in einem früheren Leben begegnet und deine Mission in diesem Leben.«

Ich bin oft ungeduldig, brauche Antworten, benötige sie schnell. Was Sean mir sagte, tröstete mich, ärgerte mich aber auch gleichzeitig. Ich ärgerte mich über mich, weil ich nicht verstand, und ich ärgerte mich über ihn, weil er mir nicht weiterhelfen wollte. Früher flogen mir Antworten auf die großen Themen, die die Welt bewegten, einfach so zu, ohne lange darüber nachdenken zu müssen. Ich hatte über Gefühle philosophieren, mir Gedanken zu Verhalten von Menschen machen können, doch dieser Quell war vor Jahren versiegt. Auch die Erinnerung an den Quell gab es schon fast nicht mehr, fühlte sich wie ein Traum an, der am Morgen zerrinnt, der nicht mehr greifbar ist, der sich wie Nebel in der Sonne auflöst. Wohin war meine Kenntnis entschwunden? War sie ein flüchtiger Gruß einer höheren Macht gewesen, die mich mit Wissen beglückt hatte, das mir nicht zustand, oder hatte ich nur die Fähigkeit verloren, auf all das mir Geschenkte erneut zuzugreifen?

Sean hatte den Blick nicht von mir abgewendet, seit er mir seine Antwort gegeben hatte. Er erkannte, dass in mir ein Kampf entbrannt war und er der Feuerteufel zu sein schien. Er nahm meine Hand fest in seine, drückte sie, lächelte mich an. Krähenfüßchen zeichneten sich um die Augenwinkel ab. Er führte meine um seine Hand geschlungenen Finger an seine Lippen, hauchte einen Kuss der Zuversicht und des Vertrauens in Gott auf meine kalten Kuppen. Dankbar für diese Geste der Verbundenheit lächelte ich ihn an und entzog sie ihm. Schweigend schritten wir noch einige Zeit nebeneinander her, er in tiefer Harmonie mit sich und der Welt und mit dem Wissen, mich auf einen Erkenntnisweg geführt zu haben, ich innerlich aufgewühlt, zu keinem weiteren Gespräch fähig.

∗ ∗ ∗ ∗

Ich wollte, dass sich der in mir tosende Sturm legte, ich musste ihn besänftigen, und das gelang mir nur, wenn ich allein war.

»Sean, liebster Freund«, flüsterte ich, »wärst du mir böse, wenn ich dich bäte zu gehen? Die Liebe ist mir abhandengekommen und das Thema wühlt mich auf, da ich nicht weiß, ob ich sie jemals wieder finden werde. Du erinnerst mich daran, dass sie für den Rest der Welt existiert, aber nicht mehr für mich. Es sollte schmerzen, sie verloren zu haben, doch da ich nur den Ekel fühle, empfinde ich nichts. Was aber passiert, liebster Freund, ist, dass ich mich als Außenseiterin einer Menschheit sehe, derzeit nicht in der Lage, den Schaden zu beheben. Und ein Schaden ist es, dass ich aus der Masse herausfalle, das kannst du nicht abstreiten. Ich will wieder in den Kreis derer aufgenommen werden, die leicht und lachend das Leben genießen, die sich Hals über Kopf verlieben, die spontan in ihr Auto steigen und einige Stunden später in einem Bistro auf den Champs-Élysées einen Milchkaffee trinken, ein Croissant essen. Ich will fühlend sein, weiß nicht, wie ich es erreichen soll. Du sprichst von Liebe, gibst mir aber nicht die Richtung vor, wo ich sie wiederfinden kann, wie ich sie wiederfinden soll. Ich weiß, ich bin eine lächelnde Hülle und kann nicht mein Leben lang so weiter existieren. Ich spreche von Leben? Nein, ein Leben ist das nicht, das ich führe. Ich bin denkende belebte Materie, die Tag für Tag stumpfsinnig ihrer Arbeit nachgeht. Was für Jahre gut war, reicht nun nicht mehr. Ich will zurück ins Leben, in ein Leben, in dem ich Träume hatte, in dem ich gefüllt war mit Gefühl. So viele unbeantwortete Fragen kreisen in mir, haben sich auf meine Schultern gelegt, an meinen Schatten geheftet, verfolgen mich wie ein ständig wiederkehrender Albtraum. Das plagt mich, Sean. Ich möchte mich auf die Suche nach Antworten begeben.«

Sean verstand, wie er immer verstand, wenn ich ihn um etwas bat. Er lächelte mich an, nahm mich in seine Arme, hielt mich fest, küsste mir die Stirn, ließ mich wieder los, schritt davon. Er drehte sich mir noch einmal zu und bekräftigte, er sei sich so sicher, dass ich die Antworten bald finden würde, vielleicht nicht heute, aber sie würden kommen. Jeder, der aufrichtig nach Antworten suchte, würde sie bekommen. Bald würde ich verstehen. Und wenn ich ihn bräuchte, solle ich ihn einfach rufen, er würde für mich da sein.

Er stieg in sein Auto und fuhr fort, ich blieb am Ufer meines Sees zurück, stehend, allein, dankbar für seine tröstenden Worte.

Sean war nun nicht mehr in Sichtweite. Liebe. Die Erinnerung an sie war präsent, doch sie selbst war verschollen. Wo steckte meine Liebe? Wo war sie hingegangen? Besaß ein Mensch wie Viktor die Macht, sie zu töten? Konnte Liebe, das stärkste Gefühl von allen, ohne Weiteres umgebracht werden?

Ich spreche bewusst von Erinnerung an die Liebe, da es lange her ist, dass ich sie in mir spürte. Bis zu meinem 40. Lebensjahr hatte ich geglaubt, uneingeschränkt alles lieben zu können, Menschen, Tiere, Dinge, Aktivitäten, Urlaub, genau genommen die ganze Welt. Doch wie hatte ich die Liebe damals definiert? War sie Schwärmerei gewesen? War sie Neugierde gewesen auf etwas, das unverhofft in mein Leben platzte? War sie das Wohlbehagen gewesen, etwas zu besitzen, das schon immer in meinem Leben existiert hatte? Oder war sie der Wunsch gewesen, mich an einen Ort zu begeben, der mir fremd mystisch begegnete, mich tief berührte? War es in meinen Vor-Vierzigern gewesen, dass ich in der Liebe ein verklärt romantisches Gefühl gesehen hatte, dem ich mich ganz hingeben wollte, und von dem ich jeden Tag stundenlang träumen konnte? Hatte meine Liebe nur in Träumen existiert, aus denen ich irgendwann in die reale Welt geworfen worden war? War dann folglich Sean nur ein Traum, der von der Liebe als dem Größten in uns sprach? War Sean Realität und ich ein Traumgebilde, ein Albtraum-Wanderer, der aus seiner Gefangenschaft nicht mehr in die menschliche Dimension fand? Wenn ja, stellte sich dann nicht die nächste Frage, wer mich dorthin verschleppt hatte? War es denn tatsächlich Viktor gewesen, der mich aus dem Gefühlsleben gerissen hatte, oder waren nicht vielleicht all die Menschen dafür verantwortlich, die Viktors Treiben seelenruhig zugeschaut hatten, ohne ihm Einhalt zu gebieten?

Ich erinnere mich an damals. Liebe hatte mich kreativ gemacht, mir Ideen geschenkt, die ich in der Musik zum Leben erweckt, die ich auf meinen Bildern festgehalten hatte. Liebe hatte mir Geschichten geschenkt, die ich erzählte, für Leser auf das Papier brachte. Die Liebe hatte mich verlassen, als ich in Viktors Spielen unterzugehen begann. Mit dem Auszug der Liebe aus meinem Körper waren Angst vor Menschen, Schmerzen vor zugefügten psychischen Verletzungen eingezogen. Ich kann mich erinnern. Ein fortwährender Albtraum. Bis heute weiß ich nicht, wie ich gesundete. War ich selbst es gewesen, die sich ein Schneckenhaus gebaut hatte, damals, im Winter, als ich gegangen war, um überleben zu können, oder wurde ich von Mächten beschützt, die sich mir noch nicht vorgestellt hatten, die mich am Leben erhalten wollten?

* * * *

Anfangs, als ich erkannt hatte, dass da nichts in mir geblieben war, akzeptierte ich, dass ich kein inneres Feuer mehr besaß. Ich akzeptierte, ohne zu hinterfragen. Eine lebende Hülle zu sein, so viel wusste ich, ersparte mir enormen Schmerz, Seelenschmerz. Was nicht mehr existierte, konnte weder schmerzen noch verletzt werden.

Da nun Sean die Liebe als das höchste Prinzip im Leben eines Menschen definiert hatte, wurde mir ihr Verlust minütlich klarer. Zum ersten Mal seit Jahren offenbarte sich mir die ganze Tragweite ihrer Nicht-mehr-Anwesenheit. Da ich seine Liebe gesehen hatte, die hell in die Welt hinaus strahlte, erkannte ich die Katastrophe in meinem Leben, in meinem verstümmelten Inneren, und *verstümmelt* traf sehr genau das, was aus mir geworden war. Sean, treuer Freund. Nun wollte ich sie hinterfragen, die Liebe, wollte wissen, was aus ihr geworden war. Ich durfte sie nicht kampflos aufgeben. Es ging nicht mehr nur um Gefühl, nein, es ging um das Erhabenste, was einem Menschen bei seiner Geburt geschenkt wurde, das Licht im Herzen.

Lange saß ich an meinem See. Versuchte, ruhig zu werden. Wollte mich einstimmen auf die nahende Dunkelheit, auf die Stille der Nacht. Wollte mich anschließend nach Hause begeben, wenn es um mich herum und in mir stumm geworden war.

* * * *

Ich betrat meine Wohnung, begab mich in mein Bett, lag aufgewühlt über Seans Worte schlaflos in meinen Laken. Alle Ruhe, die ich an meinem See gesammelt hatte, verlor sich in der Rastlosigkeit meines Geistes. Zu viele Fragen kreisten in meinem Kopf, Antworten blieben aus. Irgendwann fiel ich in einen kurzen Dämmerschlaf, träumte von Liebe.

Als ich mich anschließend schweißnass von meinem Nachtlager erhob, es war mittlerweile kurz nach Mitternacht, mir in der Küche einen starken Kaffee aufbrühte, mich in meinen Sessel setzte, mir eine Decke über die Schultern legte und mein Notizbuch in die Hand nahm, versuchte ich, mir über die Liebe meine eigenen Gedanken zu machen. Die Nacht war immer meine Freundin gewesen, seit ich in meine Kindheit zurückblicken konnte, würde mich nun in meinem Wunsch, mich zu finden, unterstützen. Ich nahm den Stift auf, setzte ihn auf das Papier. Wie anfangen, und wenn ein Anfang gefunden war, wie fortfahren?

Was war Liebe? Wie Liebe fühlen, wie sie beschreiben, wie sie ausleben? War sie ein hormongesteuerter Prozess, um einen Partner zu finden, mit dem man sich reproduzieren konnte? War sie der Glücksmoment, der einen überfiel, wenn man sein Lieblingsgericht verzehrte? War sie das Reiseland, in dem man sich geborgen, fast wie zu Hause fühlte? War sie die romantische Verwirrtheit, die man empfand, wenn man einen Menschen kennenlernte, mit dem man gern einen Teil seines Lebens zusammen sein mochte? War sie Mitgefühl und Hilfsbereitschaft seinen Mitmenschen gegenüber?

Seans Liebe trat mir erneut entgegen. Sie war strahlend, sie war kraftvoll, sie wollte nicht nehmen, nur schenken, sie war von Gott gegeben. War sie das Maß für all die anderen Menschen, die orientierungslos, sich nach Gefühl sehnend, umherirrten, ohne zu sehen? Teilte sich die Liebe in unterschiedliche Grade des Fühlens auf? Konnte man sagen, dass Seans Liebe schon viel von Gottes-Liebe widerspiegelte?

Der Schöpfer war das Licht, das uns wärmte, das uns als Quell die Kraft gab, unser Leben zu leben, alle Unwegsamkeiten, die sich uns im Lauf unserer Jahre entgegenstellten, zu meistern, und uns auffing, wenn wir darin versagten.

Das erste Prinzip des Lebens, das uns von Gott geschenkt wurde, hieß zu lieben. Liebe, tiefe, ehrliche Liebe bedeutete, Gottes Licht empfangen zu haben und weiterzugeben, Fackelträger seiner Energie zu sein. Die Liebe war die Öffnung hin zum Licht, zu Gott. Das Licht war der Ursprung unserer Existenz – Gott. Gott war Licht, war Liebe. Alles, was auf dieser Öffnung beruhte, war Liebe, die nicht wertete, nicht richtete. Die Öffnung hin zum Licht-Liebe konnte nicht über körperliche Bedürfnisse passieren, sie war rein spiritueller Natur, immateriell. Gott schenkte uns Liebe. Liebe war von Geburt an in uns. Sie war ein Attribut der Seele, Gottes Geschenk an den Körper, der aus toter Materie besteht.

Ich hatte, seit ich mich zurückerinnern konnte, an eine höhere Macht geglaubt. Der Glaube daran war mir nicht anerzogen worden, er war einfach immer in mir gewesen. Ich hatte ihn in mir getragen, so selbstverständlich, wie ich die Liebe in mir gefühlt hatte oder wie meine Eltern immer an meiner Seite gestanden hatten.

Warum fühlte ich die Liebe dennoch nicht, wenn Gott sie uns als Licht mitgegeben hatte? Ich wusste von einem obersten Prinzip, wusste vom Licht. Wenn sie Gottes Geschenk an die Menschen war, musste sie in mir sein. Hing sie direkt mit meiner Seele zusammen, und die war nach all den Menschenjahren, in denen ich zwischen die Mühlsteine böser Egoisten geraten war, gestorben? Waren Egoisten die Gegenspieler Gottes? Waren sie so mächtig, das Göttliche im Menschen auszulöschen? Waren sie Satan, die Dunkelheit, konnten sie Seelen töten? Befand ich mich in einer Hölle, die meine ganz Persönliche zu sein schien, in der ich seelenlos keinen Ausgang fand?

Die Mystik lehrte uns, dass der Mensch ein duales Wesen war. Er war Körper und Seele. Masse und spirituelle Essenz. Menschliche Masse bestand aus Kohlenstoffverbindungen, war Muskel, Fett, Flüssigkeit, war nicht in der Lage zu fühlen. Menschliche Masse, Materie, besaß das Attribut, sich zu vermehren, eine Herde auszubilden, sich zu reproduzieren, nach einer geraumen Zeit zu verenden, in den Kreislauf der Erdenmaterie einzugehen. Sie folgte dem normalen evolutionären Prozess, um das Überleben der Art Homo sapiens sapiens zu gewährleisten.

Doch was war die Seele, die spirituelle Essenz? War sie tatsächlich ein Teil Gottes, des göttlichen Kosmos, des ersten Prinzips, das sich während der Geburt mit dem materiellen Körper vereinigte und ihn nach dem Tod verließ, wieder zur Quelle gelangte? Besaß sie das Attribut *Gefühl*? War jedes Gefühl eine Eigenschaft der Seele, des immateriellen Körpers des Menschen? Konnte sie, wenn sie ein Teil Gottes war, einfach sterben, von Menschen Hand umgebracht werden?

Ich machte eine Pause, konnte nicht mehr schreiben. Schreiben laugte mich zeitweise sehr aus. Gedanken fließen zu lassen, kostete mich Kraft. Kraft, die ich mit Milchkaffee wiederbekommen musste. Ich war der Liebe auf der Spur, durfte die Suche nicht durch Schlaf unterbrechen. Milchkaffee, Schluck für Schluck, hauchte mir weitere Sätze in mein Bewusstsein.

Der *Mensch* sagt: »Ich liebe dich.« Wie meinte er das genau? Man konnte diese Aussage auf zweierlei Weise deuten. Im günstigen Fall bezog er sich auf einen bestimmten Menschen, zu dem er eine Beziehung hatte oder aufbauen wollte, der ihn gefühlsmäßig ansprach, mit dem er sich verbunden fühlte. Das konnte ein Partner sein, das konnte das eigene Kind sein, das konnten die Eltern sein. Ehrlich gemeinte Liebe war ein Magnet. Man konnte sagen, sie war die Anziehungskraft, die man zu einem anderen Menschen empfand oder aufbaute, und gleichzeitig das Band, das verband. Doch was war der ungünstigste Fall? Wenn der Mensch von Liebe sprach, in seinem Gegenüber Liebe entfachte, aber sein Gegenüber stattdessen in diesem Gefühl ausnutzte?

Das Wort *LIEBE* war Blendwerk, somit als ausgesprochenes Wort gefährlich, denn es drückte verschiedene Absichten aus. Das gesprochene Wort *LIEBE* durfte nicht ernst genommen werden.

Das erste Prinzip Liebe konnte also nur über feine Sinne erfühlt werden, über das Empfinden von Licht und Wärme, Gottes-Licht, Gottes-Wärme. Wir erkannten das Licht. Wir richteten unsere Augen auf einen Menschen aus, sahen sein Äußeres, verliebten uns. War es denn wirklich nur die Hülle, die uns ansprach, in die wir uns verliebten, die wir haben wollten, weil sie uns gefiel? Sahen wir nicht eher seinen zweiten Körper, den Seelenkörper, der mit dem ersten verbunden war? Der leuchtete, strahlte, da er Liebe, Licht war? Nahmen wir ihn nicht eher mit unseren feinen Sinnen wahr und erkannten den Ursprung des Lebens?

Ich schaute von meinen Notizen auf. Ja. Ja, ich gab mir diese Antwort. Ja. Ein Teil der Menschen erkannte den zweiten Körper. Wie viele dazu fähig waren, ihn tatsächlich zu sehen, vermochte ich nicht zu beantworten. Doch mir wurde klar, sobald wir liebten, tief liebten, suchten wir im anderen die göttliche Quelle, das Licht Gottes, das wir unter Umständen in der Lage waren zu erkennen und das uns die Seelenverbundenheit verhieß.

War die instinktive Suche nach Liebe, Gott-Liebe, einer Sehnsucht geschuldet, schon im Leben mit der Schöpferliebe vereinigt sein zu können? Sie zu spüren? Nicht erst nach unserem Tod zu ihr heimzukehren, in ihr aufzugehen? Wie viele Menschen verspürten die Sehnsucht nach der einen, der ganz großen Liebe?

In diesen Minuten, zwischen zwei Schlucken Milchkaffee dämmerte mir, dass der Mensch verlernt hatte zu sehen. Er erkannte nicht, ob ein anderer Mensch es mit ihm ehrlich meinte oder nicht. Allein, weil das Gegenüber von Liebe sprach, war das kein Anhaltspunkt, ihm zu vertrauen, sich ihm zu öffnen. Unser technisch orientiertes, rationales Zeitalter lehrte uns, dass es keine Seele gab, dass Liebe ein chemischer Prozess in unserem Körper war, der durch Reize ausgelöst wurde. Somit sollte die Liebe nur existieren, um für Nachkommen zu sorgen. Doch machte das Leben, um Sean zu zitieren, dann Sinn? Waren wir folglich seelenlose Lebewesen, die unseren Alltag manchmal gut, manchmal schlecht meisterten, unsere Umwelt zerstörten, Pflanzen und Tiere töteten? Waren wir Egoisten, die an der Schöpfung vorbei lebten, die das oberste Prinzip Liebe ignorierten oder nicht erkannten?

Ich wurde müde. Sich Gedanken über etwas zu machen, was ich derzeit nicht verstehen konnte, war anstrengend. Ich schlief ein. Ich schlief einen albtraumlosen Schlaf, der mir dennoch keine Ruhe verschaffte.

****

Ich erinnere mich, als wären die kommenden Tage gestern erst passiert. Ich verbrachte sie pendelnd zwischen Arbeit und meiner Wohnung, las mich durch das Internet und durch Bibliotheken, sog alles in mich ein, was ich zum Thema Liebe finden konnte. Die Zahl der Psychologen, Philosophen, Autoren, Komponisten, Maler, Geliebten, die sich zur Liebe äußerten und je geäußert hatten, war erdrückend. Gefühlt jeder hatte etwas zu ihr und über sie zu sagen und schon irgendwann einmal geschrieben, doch keiner beschäftigte sich damit, eine abhandengekommene Liebe wiederzufinden oder die Leere zu beschreiben, die gestorbene Liebe hinterließ.

Ein Wintersturm zog auf. Schneewolken wuchsen am Horizont schnell an. Früher hatte ich diese Wetterkonstellation geliebt, die so plötzlich aufzog, denn mir war gewiss, sobald der Schnee fiel, hatte ich die Natur für mich allein, war eins mit der Stille der rieselnden Flocken. Nun rief der See nach mir, laut, wusste, dass ich an seinem Ufer zu klären in der Lage war.

$$\ast\ast\ast\ast$$

Das mir vertraute Gewässer kam in Sichtweite. Ich parkte mein Auto, stieg aus, blickte mich um. Kein Mensch außer mir war zu sehen. Ja, ich war allein. Körperlich. Und nun holte mich meine Liebessuche heftiger ein, als ich es erwartet hatte. Mit Wucht trat mir die Erkenntnis meiner Außenseiterrolle entgegen, die mir durch Viktors Handlungen zugefallen war.

Ich war aus der großen belebten Menschenmasse ausgeschlossen, weil ich sie nicht verstand. Machten die Menschen nicht permanent Dinge, die ich nicht gutheißen konnte? Übertraten sie nicht ohne Skrupel moralische Grenzen, die in unserer Gesellschaft klar festgesteckt waren, sie sich aber nicht darum scherten? Worin bestand Seans Geheimnis, die

Menschen lieben zu können? Sah er nicht, dass sie lieblos waren? Hatte er nicht auch schon unter ihnen gelitten? Bedeutete, lieblos zu sein, dasselbe wie schlecht zu sein? Waren lieblose Menschen charakterschwach, gleichgültig? Und wenn es so war, entstanden dann diese schlechten Charaktereigenschaften aus mangelndem Mitgefühl? War ihnen klar, dass die Liebe in ihnen tot war? Fanden sie sich leichter mit ihrem Verlust ab, als ich das tat? Und war Sean so groß, dass er allen, was auch immer sie gemacht hatten, verzeihen konnte? War mein Sean der Übermensch, der der Menschheit von Gott an die Seite gestellt worden war, um sie wieder ein Stück ins Licht zu rücken?

»Malve, liebstes Menschenkind. Richte dich auf, straffe die Schultern, wende deinen Blick in den Himmel. Selbstmitleid steht dir nicht. Du hast nichts zu betrauern. Viktor ist tot. Dir geht es leidlich.«

Erschrocken blickte ich mich um. Die Stimme war aus dem Wasser gekommen, oder war das Wasser selbst. In Viktor-Zeiten hatten der See und ich oft miteinander geredet. Damals schien mir das richtig gewesen zu sein. Wie selbstverständlich waren die Worte aus mir geflossen, hatte ich mit den Tieren, den Bäumen und ihm gesprochen und verstanden. Doch seit einigen Jahren waren er und alles, was auf und in ihm beheimatet war, verstummt.

See: »Liebste Freundin. Seit ich damals Viktor in mir aufnahm, wurde es still um uns. Komm zu mir, lasse uns ein wenig plaudern. Du glaubst, die Liebe verloren zu haben?«

In Nach-Viktor-Zeiten hatte ich die Erinnerung an die Gespräche mit dem See einer geistigen Verwirrtheit zugeschrieben, die Viktors Spiel und der Liebestötung entsprungen waren und mich schier in den Wahnsinn getrieben hatten. Ich war von Dunkelheit und Schmerz umgeben gewesen. Ich hatte geglaubt, Fantasien würden mir einen Streich gespielt haben. Nun drang die Stimme wieder in mein Bewusstsein und erinnerte mich an den Blondmann. Ging mein geistiger Wahnsinn von vorn los? Ich hatte damals, vor einigen Jahren, Viktors Überreste, das Denken an ihn, meinem Freund, dem See übergeben. Ich hatte ihn in ein kühles Grab gleiten lassen, drüben bei der Weide. Die Fische bewachten ihn mir, seit damals, hielten ihn von mir fern. Eine Generation an Hechten, Karpfen, gab ihren Auftrag an die nächste Generation weiter. Zuverlässig verbargen sie, was nie mehr unter die Menschen gelangen durfte.

See: »Vertraue, liebste Freundin. Dein psychisches Verstehen kommt zurück. Was dir lange versagt blieb, was du verdrängtest, kehrt dahin, wohin es gehört, in dein Bewusstsein.«

Psychisches Wahrnehmen und psychisches Sprechen waren Fähigkeiten der Seele. Die Erkenntnis kam plötzlich. Als ich mich vorhin umgeschaut und keinen Menschen gesehen hatte, glaubte ich, allein zu sein. Doch nun vernahm ich das Gezwitscher der Vögel und das sanfte Plätschern des Sees, der mich behutsam mit seinem Wasser berührte. Ich spürte das Leben, das mich streichelte. Ich hörte das Rauschen der Bäume im Wind. Ich war inmitten all der Geschöpfe, bei denen ich mich immer lebendig und verstanden gewusst hatte. Ich fühlte, dass ich geborgen war. Geborgenheit, die ich lange nicht mehr gespürt hatte, kam zurück. Und die Geborgenheit am See fühlte sich vertraut an.

Ich ging in die Hocke, tauchte meine Hand in sein Wasser, legte sie auf sein sandiges Bett, das sich nur knapp zwei Zentimeter unter der Oberfläche des Wasserspiegels befand. Ich schloss die Augen, spürte das flüssige Element, fühlte *IHN*. Den Freund.

Energie, die *ER* abgab, drang durch meine Finger ein, floss in einem dünnen Strom in meinen Körper. Mein Herz öffnete sich. Es wurde groß, nahm den See tief in sich auf, Herzwärme vermischte sich mit den Vogelstimmen, erzeugte eine sanfte Lebensenergie, die ich zu spüren in der Lage war, und leitete sie durch meinen ganzen leeren Körper. Ich lebte. Ich begann zu fühlen, mich wohlzufühlen, mich verstanden zu fühlen. Der See erweckte etwas in mir, das vor Jahren verschüttet worden war.

Doch trotz fließender Energie begann meine Hand steif zu werden. Das Wasser war kalt und ich zog sie zurück, klemmte sie mir in meine Achselhöhle. Die Knie begannen zu schmerzen. Ich erhob mich ungelenk, setzte mich auf eine Bank, die ein Spender vor einigen Jahren am Ufer des Sees hatte aufstellen lassen. Ich richtete meinen Blick auf das bewegte Nass, entspannte meine Glieder. Die Gedanken kreisten in meinem Kopf, und ich begann zu lachen. Ich lachte laut. Ich lachte meinen alten Freund, den See an. Ich lachte die Vögel an. Ich lachte in die Welt hinein. Das Herz war prallvoll mit Geborgenheit. Geborgenheit war Gefühl, das aus dem Sammelbecken Herz in meinen Körper ausströmte und sich bis in die Fingerspitzen ergoss. Gefühl, ja, es hatte mich berührt, der Freund hatte mich gestreichelt. Ich wollte es einsperren, in meinem Herzen festhalten, in der Hoffnung, dass es schon ein Teil von Liebe war.

Warum musste man die Liebe verlieren, um sie sich dann mit allergrößten Anstrengungen zurückzuholen? War das der Sinn des Lebens, man wurde in eine raue Welt geboren, mit Liebe im Herzen, doch die Menschen nahmen sie einem in Stunden, in denen man ihnen am meisten vertraute? Musste man ihr den Rest des Lebens hinterherjagen, sie suchen, vielleicht finden, vielleicht für immer leer bleiben? Warum wurde man überhaupt geboren? Folgte das *Geboren werden* einem göttlichen Plan, oder war es die Willkür der Evolution selbst, eine Art, die sich einmal auf dieser Erde behauptet hatte, nicht aussterben zu lassen?

Wurde man als Teil eines Spiels in die Welt geworfen, um sich als Streiter des Lichts oder als Streiter der Finsternis zu entwickeln? Licht war Liebe, und laut Hermes Trismegistos zeichnete sich die Welt, auf der wir lebten, wie der Kosmos, aus dem wir kamen, ab. *Wie oben, so unten, wie unten, so oben.* Die kosmischen Energien, die helle und die dunkle Materie stritten miteinander. Dunkel verschlang hell. Konnte man diese Erkenntnis auch auf den Menschen projizieren? Wenn man sich in der Menschenwelt umblickte, überwogen dann nicht sogar die Dunkel-Menschen? War das Licht verloren?

Malve richtet sich an den See: »Ich war oft bei euch, bei dir, beim Schwan, sprach mit euch. Ihr nahmt mir damals die Angst vor Viktor. Ihr ward meine Freunde, seid es noch. Ich kann mich erinnern.

Der See plätscherte sanft und bestätigte meine Worte. Die schneeschweren Wolken wollten ihre Flocken noch zurückhalten.

»Warum wird man geboren, lebt, leidet, stirbt? Steckt eventuell ein größerer Plan hinter dieser Tatsache, der sich mir derzeit nicht erschließt?«

Ich flüsterte die Frage leise, war mir nicht sicher, ob ich überhaupt gehört werden wollte. Der See, an den ich mich gerichtet hatte, blieb stumm.

Schwan: »Um einem höheren Wesen zu dienen.«

Ich schaute in zwei schwarze Knopfaugen, die aus dem Nichts aufgetaucht waren und mich nun anblickten. Ein Geschöpf der Natur war vor mich getreten. Ich hatte ihn weder gehört noch im ersten Augenblick wahrgenommen. Nun stand er stolz erhaben vor mir. Reckte mir seinen langen schlanken Hals entgegen. Bewegte seinen orangeroten Schnabel. Sprach mich an, ich verstand. Ihn. Den weißesten Schwan, den ich jemals gesehen hatte. Ich streichelte mit meiner kalten Hand über seinen Hals, langsam, andächtig, genoss das weiche Gefieder, das ich so lange nicht gespürt hatte.

Malve: »Wer bist du? Du bist nicht der Freund, den ich einst hatte.«

Schwan: »Ich bin der Sohn deines Freundes. Mein Vater wurde von einem Jäger erschossen.«

Seine Worte trafen mich im Herzen. Schmerz, den ich seit Langem nicht mehr gespürt hatte, tropfte ins kühle Wasser. Schmerz, der den Verlust eines Freundes bedeutete, füllte mir die Augen mit salziger Flüssigkeit, trat aus mir heraus. Ein weiteres Gefühl war soeben an die Oberfläche getreten. Schmerz. Brennender herzkrampfender Schmerz. Menschen hatten den Freund erschossen.

Malve: »Ich begrüße dich, Sohn meines Verbündeten. Du bist mein Freund, wie dein Vater mein Freund war. Ich schätzte ihn sehr, hat er mich doch mit einer Angst konfrontiert, die ich durch ihn erst wahrnahm und die mir das Leben rettete.«

Ich konnte fast nicht reden, so berührte mich der Tod des Großvogels. Minütlich kam die Erinnerung an damals zurück. Ich fühlte die Wesen, die mir in meinem Lebenskampf beigestanden hatten. Wie ein Schleier lichtete sich nun das Verdrängte und trat in die Gegenwart, trat an mich heran.

Malve: »Sprichst du von Gott als höherem Wesen? Und wenn ich mich diesem Gott öffne, werde ich das Licht, die Liebe wieder spüren?«

Schwan: »Du nennst ihn Gott. Vielleicht ist er für andere der Urknall, der Kosmos, das oberste Lichtwesen, aber ja, er ist einer der höchsten, doch nicht der Einzige. Licht ist Liebe, Dunkelheit ist Hass. Wenn du das oberste Prinzip erkannt hast, kehrt dir die Liebe zurück.«

Der Schwan sagte das mit einer Bestimmtheit, die tief im Kosmos verwurzelt schien.

Malve: »See, Schwan, ist es wahr, dass man entweder dem Licht oder der Dunkelheit dient? Um beides zu erkennen, braucht es Gefühl. Gefühle sind Attribute der Seele, also ist die Seele existent. Aber warum spüre ich meine Seele nicht mehr? Habe ich denn noch eine? Und wenn nicht, ist ein Leben ohne sie möglich? Wende ich mich der Dunkelheit zu oder stecke schon in der Dunkelheit?«

See: »Liebste Freundin, deine Seele ist existent. Aber sie ist versteckt, tief in dir. Du hast sie geschützt, da das Leben dir zusetzte. Die Mauer, die du errichtetest, ist dick, sie ist dein Deich. Dieser Deich hat dich vergessen lassen, alles, auch die Liebe. Doch nun ist eine Zeit angebrochen, da er brüchig wird. Ekel dringt durch, schwemmt in dein Bewusstsein. Noch befindest du dich derzeit in einem Dämmerzustand, den du als Dunkelheit wahrnimmst, hast das Licht aber nie verlassen. Vertraue. Dass du mit mir redest, ist ein Zeichen, dass dein Deich nicht mehr lange hält. Du wirst ihn einstürzen lassen, bald.«

Schwan: »Deine Seele wurde verwundet. Man nahm sich ihr an. Man verarztete, was du selbst nicht mehr konntest. Sie musste sich von ihren Wunden erholen. Sie musste heilen. Du bist noch nicht ganz bei Kräften, aber auf dem rechten Weg dorthin. Bald wirst du sie wieder spüren.«

Bei diesen Worten fühlte ich mich unendlich getröstet, wenn ich auch nicht verstand, wer sich meiner angenommen hatte. Die Seele lebte. Der Schwan versprach mir, sie bald wieder spüren zu können. Gewissheit stellte sich ein, dass es nun für mich wieder besser laufen konnte im Leben. Vielleicht benötigte ich etwas Zeit, hatte aber Freunde, die mich auf meinem weiteren Weg begleiteten.

Und plötzlich tauchte die Liebe meiner Kindheit auf der Wasseroberfläche meines Sees auf. Aus Nebel wurde ein Bild auf dem grünen Wasser geboren, stieg langsam empor, schwebte über seinem Spiegel. Was zuerst verschwommen schien, bildete bald Konturen aus. Ein kleines Mädchen hielt einen Hasen in ihren weichen Ärmchen an sich gedrückt. Der Hase lebte. Lies sich von ihr halten, lies sich von ihr küssen. Ich erkannte Malve. Die Kleine war ich. Ich hielt Paul in meinen Armen, Paul, den Hasen, den ich abgöttisch geliebt hatte. Die Liebe hatte auf beiden Seiten bestanden, denn der Hase konnte, sobald er mich erblickte, nicht ohne mich sein. Wir klebten aneinander. Liebe war übergroß gewesen, rein, in Kindertagen. Ich spürte die Vertrautheit von damals.

Und es tauchten weitere Gefühle auf, die sich Wut, Traurigkeit, Freude, Enttäuschung nannten. Ich lebte, und See und Schwan hatten mir versichert, dass ich noch im Besitz meiner Seele war. Ja, Sean behielt recht, die Liebe, wenn sie für uns die Berechtigung zum Leben war, musste das mächtigste aller Gefühle sein, das wir in uns trugen. Trauer und Hass konnten ohne die Liebe nicht existieren, da sie der Ursprung beider war und diese mit ihrer Energie speiste.

Der angekündigte Schneesturm setzte ein. Krachend brachen die Wolken auseinander, leise rieselten die Flocken auf die Erde. In Kürze stand ich inmitten einer weißen Landschaft und blickte in den Himmel. Ich fing mit meinem Mund Kristalle auf, die auf meiner Zunge schmolzen. Schnee. Ich roch ihn, er schmeckte leicht süß. Schnee. Ich fühlte ihn, er war kalt.

Schwan: »Malve, geh nun nach Hause. Für heute ist es gut. Du brauchst Ruhe, musst nachdenken, in dich gehen. Es werden sich dir weitere Fragen stellen. Viele, denke ich. Wann immer du Antworten brauchst, spreche mit uns.«

Der Schwan begab sich aufs Wasser, trieb in die Mitte des Sees, blickte nicht zu mir zurück. Ich fühlte, dass er sich stumm von mir verabschiedet hatte. Der See murmelte sein Lied von Geburt und Tod, von der Erkenntnis des Erdenseins. Ich hörte ihm zu, spürte gleichzeitig die Flockenpracht, die Nässe und Kälte auf meiner Haut. Alles war ruhig in mir, getröstet, da die Liebe wieder kam. So, wie die Schneedecke dicker wurde, wuchs mein Gefühl, mit mir und allem, was mich umgab, einig zu sein. Vertrauen in das Leben kehrte zurück. Ich war meinen Freunden verbunden.

Als sich der Sturm gelegt hatte, fuhr ich nach Hause. Die ganze Fahrt über sah ich den sterbenden Schwan vor mir. Und obwohl er tot war, spürte ich ihn, wollte mich von ihm verabschieden und wusste, er hörte und verstand. Er war an meiner Seite. Er war Licht, war Liebe.

Ich betrat meine Wohnung, setzte mich in meinen Sessel. Der Schwan brachte mir Bild von damals zurück, zeigte mir ein Notizbuch. Ich hatte geschrieben, viel geschrieben. Damals, als ich unerträglich gelitten hatte, waren die Worte aus mir herausgebrochen, war Schmerz auf Papier geflossen. Viktor-Zeiten tauchten auf. Es existierte ein Buch meines Leids.

Der farblose, seelenberaubte Mensch, den ich im Haus Gottes kennengelernt hatte, forderte mich auf, im von mir Geschriebenen zu forschen, mich auf eine Mission zu begeben, mich auf die Findung des Erkennens einzustellen. Es würde mir die Antworten liefern, die ich benötigte, um die Existenz meines Lebens zu verstehen.

Ich hatte das Buch damals im Keller deponiert, um nicht ständig an das erinnert zu werden, was ich im See begraben hatte. Nun war die Zeit gekommen, es an mich zu nehmen, es zu lesen, zu erkennen, was geschehen war, um zu verarbeiten. Der Karton, in den ich es gelegt hatte, war schnell gefunden. Nun saß ich wieder im Wohnzimmer. Die beschriebenen Seiten lagen in meinem Schoß.

Mit zitternden Fingern, unsicher, ob ich für den Inhalt bereit war, schlug ich die erste Seite auf.

Teil 2 Malves Leidens-Notizbuch

Liebeserwecken

Die Sonne hat mir Schmetterlinge in meinen Bauch gesetzt, Schmetterlinge, die Viktors Bernsteinaugen haben. Jedes einzelne der flatterhaften Geschöpfe trägt meines Liebsten Haselnüsse in der Größe von Kürbissen in seinem Gesichtchen. Sie blicken mich an. Streicheln meine erwachende Liebe zu ihm. Und dringen tief in mich. Berühren, wo nie ein Mensch vor ihnen sich vortastete. Lächeln zärtlich. Verliebt.

Liebe. In ihrer Einzigartigkeit und Größe ist sie das wunderbarste aller Gefühle, das wir empfangen oder verschenken können. Sie ist der Höhenflug des Herzens, der Tiefgang der Sinne und keinesfalls nur auf einen empfangenden Menschen ausgerichtet. Liebe kann einem Baum gelten, einem See, einem Schwan. Sie ist die Lichtgestalt, die im Himmel sitzt, auf uns herab strahlt und uns mit ihrem einzigartigen Gefühl immer und immer wieder beschenkt, ohne dass wir uns dagegen wehren können, geschweige denn, uns wehren wollen.

Sie dringt in uns ein. Vielleicht macht sie das über die Augen, schlüpft durch die Pupillen, hangelt sich weiter am Sehnerv entlang, taucht ins vegetative Nervensystem ab. Gewiss ist es nicht, vielleicht gibt es andere Wege, die sie geht. Doch wenn sie erst einmal in uns ist, bewegt sie sich schnell in Richtung Herz.

Das Herz ist das Sammelbecken sämtlicher großer Gefühle, der Liebe, der Leidenschaft, des Mitgefühls ebenso wie des Schmerzes. Während die Leidenschaft, das Mitgefühl uns aktivieren, uns antreiben, etwas zu tun, werden wir durch die Liebe träge in unserem Denken. Als ob wir in einen prall gefüllten Honigtopf gefallen wären, verlangsamt sich alles um uns, wird surreal, hört auf zu existieren, schmeckt einfach nur süß. Die wohlige Wärme, die unser Leben verändert, schmilzt die Kälte in uns weg. Für die Dauer des Empfangens der Liebe vergessen wir alles um uns herum, was zählt, ist das Licht, das durch jeden Schlag unseres Herzens heller erstrahlt, uns dem Himmel näherbringt. So muss es im Paradies sein, im Garten Eden, unendlich starke Geborgenheit fühlend, von der Liebe zärtlich umarmt.

Wo kommt sie her, die Liebe, die Große, die Einzigartige, wenn sie uns berührt? Wo geht sie hin, wenn wir sie verlieren? Keiner kann uns diese Fragen, die so alt sind wie das Gefühl selbst, beantworten. Sicherlich existieren Theorien, die mehr oder weniger ernst zu nehmen sind, an die man glauben kann, oder es bleiben lässt. Erwiesen ist nichts in der Liebe, nur, dass sie uns wärmt. Anfangs zumindest. In fortgeschrittenem Stadium kann sie eisige Züge annehmen, uns ungeahnte Schmerzen zufügen. Das Herz, es ist am verletzlichsten. Es ist das Organ, das vernichtet werden kann, aufhört zu schlagen, uns unfähig macht, weiterleben zu wollen. Liebestod ist Herzstillstand, ist rot wie schwerer Wein, der in Erde versickert. Ebenfalls nur eine Theorie? Wir wissen es nicht mit Sicherheit.

Eines ist mir aber sicher. Meine Sicht auf die Liebe. Die Liebe kommt aus dem Kosmos, wurde in einer Galaxie geboren, die weit hinter der Sonne liegt, ich weiß es genau. Wenn sie in den Kinderschuhen steckt, wenn sie noch ganz klein ist, reitet sie mit ihren Geschwisterchen auf Sternschnuppen, die Richtung Erde fliegen. Irgendwann dringt die kleine Rasselbande in unsere Atmosphäre ein, lässt sich in Wolkenkissen fallen. Nach einiger Zeit, wie lange es dauert, kann ich nicht sagen, purzeln sie heraus aus ihren Wolken. Als ob es regnen würde, fällt Liebes-Gefühlstropfen um Liebes-Gefühlstropfen in Richtung Erde. Aber die Liebes-Geschwisterchen landen noch nicht. Sie sind noch weit entfernt von den Menschen, die sie zu gegebener Zeit beherbergen werden. Sie trei-

ben noch durch die Luft. Winzig sind sie. Kaum wahrzunehmen.

Die Sonne erkennt die Kleinen als ganz Große und lacht sie
an. Sie findet die Gefühlchen lustig, wie sie so unbeholfen
durch die Luft treiben, sich in Bäumen verfangen, an Häuser-
wänden kleben bleiben. Bunt sind sie, die Winzlinge, pastellig.
Schimmern in zarten Regenbogenfarben, besonders dann,
wenn ihre große Freundin sie bescheint.

Strahlen von der Sonne wärmen sie auf und kitzeln sie.
Winde von der Sonne greifen nach ihnen und treiben sie vor
sich her. Erhitzen sie. Blasen sie an. Ein Spiel beginnt, Gefühle versus Sonne. Die Kleinen kichern, die Sonne lacht. Laut.
Sie übernimmt die Tantenrolle für die Süßen. Freut sich, dass
da Nachwuchs ist, den sie begleiten kann, den sie erziehen
kann, dem sie Quatsch beibringen kann, dem sie den Ernst
des Lebens vermitteln kann.

Dieses Spiel geht so lange, bis der erste Schmetterling sich
einem Gefühlchen als Pate annimmt, es in seine Schmetter-
lings-Kinderstube einlädt. Die anderen Geschwister-Gefühl-
chen folgen, wollen auch einen Schmetterlingspaten. Von
dort an geht alles sehr schnell. Andere Flügelträger flattern
an, blaue, grüne, rote, gelbe. Jeder der farbenprächtigen Ge-
sellen kümmert sich um ein Liebes-Gefühlchen. Den Kleinen
wird das ganz große Fühlen beigebracht, bis die Winzlinge
körperlich so groß sind, dass sie gefühlt werden können.
Dann, und erst dann sind sie so gut vorbereitet, die Menschen zu infizieren. Sie setzen sich huckepack auf die Rücken
ihrer Paten und lassen sich treiben. Fliegen einem Menschen
entgegen.

Ich werde ganz still. Schmetterlinge sind in meinen Bauch
gegrabbelt. Ich fühle, wie sie meine Magenwand mit ihren
Flügeln berühren. Flattern aufgeregt, kitzeln mir das emp-
findliche Organ. Ihre Huckepack-Gefühle gehen auf mich

über. Ich spüre, wie sie in jede meiner Zellen kriechen. Sie sind die Liebe, die einen Namen hat, Viktor. Ich hauche seinen Namen. Viktor. Schmetterlinge flattern, ich fühle die Spitzen ihrer Flügel. Viktor. Viktor heißt der Übergroße. Viktor ist der Ernährer meiner noch winzigen Gefühle. So lange, bis die Liebe erwachsen ist, bleiben die Schmetterlinge in meinem Bauch. Verlassen mich und ihre Zöglinge nicht. Sorgen für Wohlbehagen. Erst, wenn sich die Gefühlchen in mir behauptet haben, geben die Schmetterlinge meinen Bauch für die große, ausgewachsene, ausgereifte Liebe frei.

Ich spüre die Liebe überall, wo ich mich aufhalte. Die Natur ist infiziert von ihr. Die Tiere sind infiziert von ihr. Liebe. Der ganze Planet ein einziger Höhenflug. Ich bin die Herrin der Schmetterlinge und Viktors Gespielin. Die Sonne und ich korrespondieren miteinander und ich bedanke mich bei ihr. Ich gebe ihr das Versprechen, sorgfältig mit dem neu geschenkten Gefühl umzugehen. Ich verneige mich vor ihr. Ich knie vor ihr und werde still. Ich nehme sie in mir auf und erwache, erblühe, so wie sie das von mir verlangt. Und liebe. Und schlafe. Bis ich in Viktors Augen blicken darf.

Feuerherz

Feuer ist das reinigende Element, das Materie umformt, mit seiner Hilfe ein Ding in ein anderes verwandelt. Es braucht dazu nichts weiter als einen Brennstoff und ein Oxidationsmittel. Einmal entfacht, wird Materie nicht mehr die sein, die sie ursprünglich war. Sie löst alte Verbindungen, wandelt sich um, setzt sich erneut zusammen, formt und verbindet sich mit kleinsten Teilchen zu anderem.

Aber was wird aus ihr? Was wird sie? Wie wird sie?

Diese Fragen können nicht pauschal beantwortet werden. Je nachdem, was bezweckt wird, kann Materie sich in die eine oder andere Richtung verändern. Sie kann fest werden, flüssig, gasförmig. Sie kann zum Stein der Weisen transformieren, sie kann sich als Blei in Gold verwandeln. Den unzähligen Beispielen sind keine Grenzen gesetzt. Alles fließt, alles ist im Wandel. Lebensflamme transformiert Materie. Brandgedanken entfachen, was unmöglich brennen konnte. Alchimisten veredeln. Formen mit ihren Hilfsmitteln um, was sich laut moderner Wissenschaft eigentlich nicht verwandeln, umwandeln lässt. Stecken mit ihren Feuern an, was niemals brennen dürfte, es unter ihren kundigen Händen dennoch tut.

Doch auch wenn ich allgemeine Fragen zur Umwandlung der Materie nicht beantworten kann, weiß ich doch die Antwort auf meinen Herzbrand. Dieser ist von spiritueller Natur, seine Tragweite umfasst die Erde, reicht von ihr bis zur Sonne.

Ich denke an Viktor. Er ist mein Alchimist. Er legte das Feuer in meinem Herzen.

Ich greife mir an die Brust. Mein Herz steht in Flammen, es lodert, ich spüre Hitze. Ich fasse in einen Brandherd, der glühend heiß ist, der auf der Innenseite meiner Hand Blasen aufwirft. Ich brenne. Blut, zu Magma geworden, brodelt in meinem Körper, schießt durch die Adern. Es verhält sich nicht leise, sondern es zischt, es kocht, es dampft. Jeder kann es hören, wenn er sich in meiner Nähe aufhält. Mein Kopf ist heiß, fast so heiß wie meine Brust. Viktor-infiziert nennt man diesen Zustand. Das Herz brennt lichterloh. Der Brandherd wird mit Wasser nicht zu löschen sein. Jeder kann es glühen sehen, der mich anblickt. Durch die Haut schimmert es, durch die Kleidung. Es leuchtet rot, wie Purpur, wie die Farbe der Liebe. Ich fühle die Hitze in mir, sie ist wie ein Fieber, der Virus heißt Viktor.

Nun treten mir schlaue Wissenschaftler entgegen. Das Herz ist ein Klumpen Materie. Es weitet sich aus und zieht sich zusammen, um Blut durch den Körper zu pumpen. Mindestens 60 Mal in der Minute macht es das, behaupten die Superschlauen. Sie erzählen mir von Herzkammern, Herzklappen, von der Aorta. Puls, Blutdruck, alles kommt auf das wissenschaftliche Tablett. Und sie gehen noch weiter, indem sie mir versuchen weiszumachen, ein Herz könne nicht brennen. Sollte es das aus irgendeinem Grund tun, wäre ich tot, könnte nicht weiterleben. Ich versuche, ihnen zu widersprechen, ihnen klarzumachen, dass ich eben doch brenne, dass ich es ganz deutlich spüre und gerade von einer Energie durchzogen werde, die der göttlichen Quelle entspringen muss.

Das brennende Herz reißt mich in Sphären, die ich zwar aus Büchern kannte, dennoch nicht wusste, dass ein Mensch sie erreichen kann. Es sind die Himmelssphären, in denen sich wohl die Engel aufhalten. Skeptische Blicke der Menschen, die mit Verstand arbeiten, wenig mit Gefühl anzufangen in der Lage sind, die mich bedauernd von oben bis unten mustern, mir tief in die Augen blicken und feststellen, dass mein Geist verwirrt zu sein scheint.

Alchimisten, Magier bringen etwas zum Brennen, das eigentlich nicht brennen kann, das möchte ich ihnen erzählen.

Doch sie hören mir nicht mehr zu, lachen mich aus. Lebendiges Fleisch kann nicht brennen. Punkt, aus. Themenwechsel. Ich verstehe, es ist unsinnig, diesen Menschen zu erklären, dass es mehr gibt zwischen Himmel und Erde als das, was sie mit ihren Augen wahrnehmen, oder als das, was sie glauben zu wissen, das sie für wahr halten. Sie müssten ihre feinen Sinne schärfen, doch sie davon zu überzeugen scheint aussichtslos.

Mein wunderschöner Mensch hat mein Herz entfacht. Einzig mit seinem Blick ist er in meinen mich am Leben erhaltenden Muskel, den Motor meines Körpers eingedrungen. Irgendwo muss es wohl eine Tür geben, zwischen meinen Rippen und meinem Brustbein, die er in der Lage war zu öffnen. Er hat es mit einer Leichtigkeit angestellt, die ich vor ihm nicht kannte. Meine Gefühle für ihn sind der Zunder, den seine Bernsteinaugen entfachten, um mein Herz zum Brennen zu bringen. Viktor heißt er, Viktor der Alchimist, Viktor der Magier. Er ist dabei, meine Welt zu verändern, sie mit Farben zu füllen, die weit über unsere Farbskalen hinausgehen, sie mit Düften zu bereichern, die nicht von der Erde stammen, sie mit Klängen zu durchziehen, deren Melodien hinter der Milchstraße komponiert wurden.

Alchimie veredelt unedle Dinge. Verwandelt Blei in Gold, einen nicht liebenden Menschen in einen Liebenden. Feuer reinigt, verändert Materie. Feste Körper werden zu Lichtwesen. Feuer verbrennt Trostlosigkeit, weckt neues Leben. Aus Asche treiben junge Keime hervor, Lebenspflanzen, Liebespflanzen. Aus dem Dunkel zieht Licht-Liebe auf.

Ich habe mich verändert, mich veredelt. Ich liege auf einer Lichtung, bin umgeben von meinen Buchen, höre ihrem Rauschen zu. Zum ersten Mal begreife ich, was sie mir erzählen. Ich kann sie hören, ich kann die ganze Welt verstehen. Liebe wird besungen. Ich wurde veredelt, erweckt. Ich blicke in den Himmel, beobachte die Wolkenformen. Denke mir die Zukunft aus, die ich mit Viktor verbringen möchte. Er kann zaubern, ich möchte mehr von ihm erfahren. Er bereist den Kosmos, ich möchte seine Begleiterin sein. Das Leben fühlt sich gut an, denke ich mir. Ich bin, für immer! Ich fühle mich leicht, leuchtend, ein überweltliches Fluidum, das gemeinsam mit dem Alchimisten in die Ewigkeit des Lichts taucht, um Leben, um Gefühl zu vermehren, auf ewig zu konservieren, auf die Unendlichkeit vorzubereiten. Das Feuerherz in meinem Brustkorb bringt diesen Zustand mit sich, macht groß, erhaben, zu ewigem Leben bereit. Bernstein hat mich angezündet, der Alchimist mich von meinem Weltendasein erlöst und mir die Liebe neu geschenkt.

Ich lebe, bewusst, ich liebe, bewusst, ich erkenne die Welt neu, selbstbewusst. Sie ist die Rose, der Honig in der erwachenden Blüte, die Sonne. Mir ist heiß durch das Feuer in meiner Brust, das Viktor entfachte. Das Feuerherz jubelt der Ewigkeit entgegen.

Wenn ich durch das Watt laufe, den Schlick unter meinen Füßen spüre, Priele durchquere, wenn ich auf grünen Deichkronen gegen heftigen Wind ankämpfe, um vorwärtszukommen, wenn ich die Gezeiten beobachte, das Anschwellen und das Ablaufen des Wassers, spüre ich eine tiefe Liebe zur See. Zur Nordsee. Ich möchte wie eine Möwe aufsteigen, mit den Winden gleiten, den Wellen meine Flügel entgegenstrecken, mein weißes Gefieder auf seinem dunklen Wasser spiegeln. Dieses Meer, rau, unbeugsam wie ich selbst, durch nichts zu bezähmen, umgeben von einer kargen Landschaft, macht es mir nicht immer leicht, meine Liebe zu ihm aufrecht zu halten, sie ihm entgegenzubringen. Von Zeit zu Zeit beschleicht mich eine Angst, die wie Ebbe und Flut ansteigt und weicht, aber ich werde durch seine Sanftheit, die es genauso zeigen kann, unendlich reich belohnt.

Ich kenne einen Menschen, der ist wie die Nordsee.

Wäre die Nordsee menschlich, hätte sie ein Leben, in dem Sinn, wie wir es verstehen, würde man leichtfertig über sie urteilen. Man würde sich an der zerstörenden Seite ihres Charakters hochziehen. Launisches Lebewesen, würde man sie schelten. Missmutiges Geschöpf, würde man hinter ihrem Rücken mauscheln. Man würde ihr nachsagen, ohne Verstand und Gefühl zu verletzen. Man würde sie anklagen, aus einer Verstimmung heraus zuzuschlagen und viele Opfer hinter sich herzuziehen. Man würde sie beschimpfen, es immer wieder zu tun, ohne über ihr Handeln nachzudenken. Man würde keine Reue in ihrer Natur erkennen können. Man würde nicht hinterfragen, warum sie alles mit sich ins Verderben zieht, was sich ihr in den Weg stellt. Man würde nicht bedenken, dass sie eine Existenz ist, die mehr Freiheit, mehr Raum braucht, um sich auszudehnen. Leichtfertig würde man sie mit einer sanften Ostsee, einer zarten Adria vergleichen und sie als unliebsam verbannen.

Ich weiß von einem Menschen zu erzählen, der ist wie die Nordsee.

Man muss tief lieben, um die Schönheit dieser See zu erkennen. Es ist nicht leicht, hinter einer Sturmflut einen Sinn zu vermuten. Es gilt, die Besonderheit des schmutzig aussehenden Wassers schätzen zu lernen. Die oft karge Landschaft, schnell aufziehender Nebel und Sturm fordern zu genauem Hinsehen. Das Verstehen und Begreifen ist ein schwieriger, langwieriger Prozess. Hat man ihn durchlaufen und erkannt, gibt es kein Zurück. Man empfindet tief, solange man lebt, und kann sich diesem Gefühl nicht entsagen.

Ich kann über einen Menschen berichten, der ist wie die Nordsee.

Meine schöne See setzt klare Signale, die mir zeigen, wann ich mich vor ihr in Acht zu nehmen habe, wann ich ihr unbekümmert entgegentreten kann. Ich kenne die Zeichen, den Wind, den Wellengang, die Wolkenbildung, das Verhalten der mit ihr lebenden Tiere. Ich kann sie deuten und suche, wenn nötig, hinter den Deichen Schutz. Diese sind eine Zuflucht, die mir ein Überleben sichern, mich stärken und mir in ruhigerer Zeit wieder Zutritt zu meiner See verschaffen. Ohne diese schützenden Wälle würde ich nicht wagen, mich ihr zu nähern.

Ich trage einen Schutzwall in meinem Herzen, der mich zu gegebener Zeit vor einem Menschen schützt. Dieser Eine, er ist wie die Nordsee.

Die Deiche in meinem Innern sind hoch. Grün bewachsen, stabil. Sind gegen meinen Menschen ausgerichtet. Der, der ist wie die Nordsee. Wenn ich mutig bin und Lust verspüre, mich ihm zu nähern, betrete ich seinen Sandboden, durchquere seinen Schlick, achte auf seine Melodie, die er mit den Möwen, Kiebitzen und Säbelschnäblern singt. Ich lasse mich von seinem Salzwasser tragen, betrachte interessiert das Strandgut, das er mir anschwemmt. Wenn ich spüre, dass er sich gegen mich erhebt, flüchte ich auf meine Deichkrone, beobachte den aufkommenden Sturm, den hohen Wellengang, kann nicht verhindern, dass er alles, was sich ihm entgegenstellt, mit sich reißt und vernichtet. Wenn meine Angst zu groß wird, wenn ich ihn nicht mehr ertrage, weil er in einer Springflut über mich herfallen könnte, verstecke ich mich hinter meinem grünen Hügel. Ich laufe fort, möchte ihn nicht mehr sehen, nicht mehr hören, nicht mehr riechen.

Aber die Erinnerung an ihn, sie ist schön, schön wie die Nordsee.

Reizend ist sie. Meine schöne See. Umspült mit sanften Wellen zum Gesang der Wasservögel meine Füße. Schmeichelt mir mit ihren Schaumgaben, die sie auf ihren Wellenkronen trägt. Beschenkt mich mit Muscheln, die sie mir anschwemmt. Macht mich mit tanzenden Krabben und Fischen bekannt, hievt mir Quallen vor meinen Körper. Sie murmelt mich an, sie setzt mir Zeichen, die ich zu deuten in der Lage bin. Und ich verstehe.

Ich lese in einem Menschen, der ist wie die Nordsee.

Ja. Meine See. Sie ist rau. Unbändig. Nur schwer einzudämmen. Aber ich verstehe sie, schätze ihre Wildheit, die nicht zu zügeln ist. Sie macht nichts aus einer launischen Tücke heraus. Ich kann ihr Tun erklären. Weil ich beobachte. Weil ich begreife. Weil ich erkenne, ihre Schönheit, und ihre Sanftheit. Mit meinem Menschen verhält es sich ähnlich. Oft wirft er mir düstere Blicke zu, die mich im ersten Moment vor ihm zurückschrecken lassen. Ich versuche, zu lesen, in seinen bernsteinfarbenen Augen, aber sie blicken trübsinnig, sind undurchdringlich, lassen mich nicht auf den Grund seiner Seele schauen. Seine Stimme schlägt mir wie aufkommender heftiger Wind entgegen und seine Stirn kräuselt sich zum Sturm. Wenn ich nicht aufpasse, wird es für mich gefährlich. Ich ducke mich, zum Sprung hinter den Deich bereit. Doch im nächsten Moment verfällt er in eine Melancholie, ähnlich mir, die ich die See betrachte, und erst dann lässt er zu, tief in ihn einzudringen. Zeigt mir in diesem Moment, dass ich nichts zu befürchten habe. Vertraut sich mir an. Lächelt mir zu. Ich spüre ihn, wie ich das Wasser spüre. Für den Moment. Ich bewege mich in ihm.

In ihm, meinem schönen Menschen. Diesem einen, der der Nordsee so ähnlich ist.

Der Verdacht

Viktor, der Mann, der mir sehr nahe ist, fühlt tiefe Verbundenheit. Zu mir. Verschweigt bewusst Gefühl. Für mich. Gefühl zuzulassen bedeutet, verwundbar zu sein, sich Verletzungen einzufangen, die sehr tief gehen und sehr schmerzhaft sein können. Über Gefühl zu sprechen, heißt mutig zu sein, das Herz offen zu tragen. Ein sichtbares Herz ist angreifbar für jedermann.

Der Blondmann versucht, mir aufzutischen, was nie seine Empfindung war, ist, sein wird. Er versucht, zu verbergen, was ich in ihm lesen kann. Augen sind die Spiegel für Emotionen, werden vom Herzen gesteuert, das nicht in der Lage ist zu lügen, da es Licht, Leben ist. Die Lippen sind das Sprachrohr für nicht ernst gemeinte Worte, werden vom Gehirn gesteuert, das im Lauf der Evolution gelernt hat zu spielen, sich mit der Lüge zu befassen, Unwahrheiten auszudrücken, zu verschleiern.

Ich bin die Leserin der Augen. Ich bin die Hörerin der Worte. Viktors Augen flehen mich an, ihm zu helfen, die gefundene Liebe zu halten und auszuleben. Doch Viktors Lippen sagen mir, dass er nichts mit mir zu tun haben möchte, dass er keine Zeit für mich hat. Er schmettert mir die Worte entgegen, dass mir der Mut sinkt, mich um krankes Gefühl zu kümmern. Was soll ich tun? Wie kann ich helfen? Ein Widerspruch in ihm droht ihn zu zerfleischen, ich spüre und sehe.

Er meint nicht, was er stimmlich ausdrückt. Leidet unter seiner Feigheit. Sein Blick, seine Aufforderungen, in ihm zu lesen, erzählen mir von seiner Wahrheit. In schwachen Augenblicken lasse ich mich von seiner Stimme vertreiben, in meinen starken stehe ich ihm bei, bin Löwin, bin Heldin, verteidige, was nicht offensichtlich ist.

Warum hat er vor der Liebe Angst, versucht gleichzeitig, sich in ihrem Dunstkreis aufzuhalten? Wenn ich mich von ihm abwende, möchte er die Liebe wieder spüren, rennt dem Gefühl hinterher, das ihn so erschreckt. Wenn ich mich dann wieder auf ihn zubewege, nimmt er mich als Bedrohung wahr und flieht, versteckt sich vor mir. Mein Herz leidet unter dem, was er zu mir sagt und tut.

In der letzten Zeit gehe ich oft in mich. Denke über sein Verhalten nach, versuche, mich zu analysieren. Meine Worte sind zu Klang gewordene Emotionen, ehrlich gefühlt, in Schwingung versetzt, damit das Gesagte sichtbar, greifbar wird. Doch je mehr ich mich in Viktors nicht stimmlich ausgedrückte Emotionen verstricke, desto klarer wird mir, dass nur ich ausdrücke, was ich fühle. Ich blicke mich um, sehe mich, das Sprachrohr der Liebe. Ich bin eine der wenigen, die das Gefühlte in Laute fasst, es stimmlich von sich gibt. Doch was tut der Rest der Menschenmenge, der ebenso darüber sprechen sollte? Gibt es andere, die ähnlich empfinden, wie ich das tue? Die ehrlich zu ihren Gefühlen stehen? Sie klar formulieren und danach leben?

Ich spreche meinen Verdacht aus: Ich bin mir sicher, dass der Mensch unehrlich ist und bewusst Dinge verschweigt, nicht das sagt, was er fühlt, um nicht verletzt zu werden. Somit nimmt er aber in Kauf, seinem Gegenüber Wunden zuzufügen, Gefühlswunden, die tiefgehen und unheilbar sind.

In der letzten Zeit stelle ich mir oft die Frage, wie Gefühl definiert ist, wo Gefühl geboren wird, ob man Gefühl über die Sinne wahrnehmen und sehen kann?

Gefühl unterteilt sich in drei Hauptgruppen: in das Empfinden des eigenen Körpers, in die aufkommende Intuition und das psychische Fühlen.

Mir ist nicht wichtig zu wissen, wie die chemischen Vorgänge benannt sind, die den Körper oder Körperteile fühlen lassen. Körper ist Materie, somit für mich uninteressant. Schnitte, Verbrennungen, Streicheleinheiten am und für den Körper zählen nicht. Für mich ist vielmehr von Bedeutung, wo Emotion geboren wird. Wenn ich mich in Viktors Kopf begebe, mich auf die Suche mache, seine nie ausgesprochenen Gefühle zu mir zu finden, werde ich tatsächlich fündig, tief im Herzen, dort, wo Emotion schlummert. Und genau an diesem Ort bestätigt sich, was ich vermute: Das ausgesprochene Wort ist nicht gleich dem, was er fühlt.

Ich stehe in einer Menschenansammlung. Blicke mich um. Verstehe. Die Menschen sprechen nicht miteinander über wichtige Dinge. Halten Gefühl verborgen, drücken Emotionen wissentlich falsch aus, obwohl oder gerade weil sie klar definiert sind. Versuchen, ihre eigene Sprache für Tiefgehendes zu erfinden. Mimik, Gestik, alles wird wissentlich falsch eingesetzt. Warum? Um in die Irre zu führen, um sich in Sicherheit zu wiegen, um zu vernichten?

Irritiert über solche Gedanken ziehe ich mich immer öfter tief in mich zurück, möchte allein sein, nachdenken, über Gott und die Welt mir meine Gedanken machen, klären, was auf den ersten Blick unlösbar erscheint.

Wie ist Viktor veranlagt? Ist er Feigling oder Falschspieler? Und wenn Viktor lügt, wie verhält es sich mit dem Rest der Menschen? Ich sehe in der dunkelhaarigen Frau, dem gelbhäutigen Mann, dem rothaarigen Kind Viktor, in jedem einzelnen von ihnen. Was sind sie? Wohin gehören sie? Wer führt sie an, leitet ihre Denk- und Fühlens-Richtungen? Leben sie, wir alle im alten Babel, sprechen, jeder für sich, seine ganz eigene Sprache, wir verstehen einander nicht mehr, wollen das auch nicht?

Ist der Mensch von Geburt an schlecht? Kann ich die Frage an alle Menschen richten? Ich komme nicht auf die Lösung. Emotion bedeutet Wort. Das Tier gibt Laute von sich, vertont seine Emotion. Es warnt vor Fressfeinden, wenn es bedroht wird. Es grunzt vor Glück, wenn es gekrault wird. Es gibt Angstlaute von sich, wenn es bedroht wird. Es drückt das aus, was es fühlt. Emotion ist gleich dem Laut, den es von sich gibt.

Der Mensch, genannt Viktor, hat die urehrliche Kommunikation, die das Tier praktiziert, verlernt. Er hat gelernt zu täuschen. Er weiß, dass er etwas Schlechtes begeht, ich lese es in seinen Augen, die mich verschlagen anblicken. Er tut es, um einen Vorteil zu erlangen, den ich nicht in der Lage bin zu erklären.

Ist die Verwirrsprache das Werk Gottes oder seines Gegenspielers? Wird der Mensch an seinem selbst produzierten Gefühlsdurcheinander zugrunde gehen?

Die Zukunft wird es mir zeigen.

Der Verdacht steht, ist begründet, der Mensch ist Lügner und Täuscher. Die Zukunft wird spannend.

Schnittermelodie

Ich sitze im Dunkel der warmen Sommernacht auf meiner Gartenbank, bin von Blumen und Sträuchern umgeben, deren Düfte sich mischen und sich schwer auf mein Gemüt legen. Ich bin traurig, weil meines Herzens Schlag aus dem Rhythmus des Lebens gekommen ist. Mein Leben trägt den Namen Viktor. Dieser Mensch, ER, weicht vor mir zurück. Seit einiger Zeit. Will mit der Liebe nichts mehr zu tun haben. Hat sie in mir geweckt und dreht sich nun von mir ab. Warum? Was habe ich getan oder unterlassen? Habe ich mich ihm gegenüber falsch verhalten? Er gibt mir keine Antworten auf mein Flehen, mich nicht im Dunkel zu lassen.

Mein Blick ist in den Himmel gerichtet, stellt den Sternen Fragen, die ich nicht von ihnen beantwortet bekomme. Ich bin wütend, weil ich nicht finden kann, was offensichtlich jeder weiß. Sterne lügen nicht, denn sie sind stumm. Die Mondsichel blitzt auf. Streckt die scharfe Schneide nach meinem Herzen aus, möchte mich zerstückeln. Doch halt, Sonnenblumen beschützen mein Leben, legen ihren Blütenteppich über den bleichen Schein des Trabanten. Vor einigen Monaten erweckte mir die Sonne die Liebe, die sich Rose nennt, die tief in meinem Herzen erblühte, nun verliere ich mich im Lied des Abschieds.

Es ist die Rose,
die von Liebe singt.
Ihr Duft hält wie die Droge
den Verstand im Nebel gefangen.

Es ist die Rose,
die Liebe schenkt.
Die Knospe erblüht
im Herzen des Suchenden.

Es ist die Rose,
die in ferne Welten trägt.
Ihre Samtblätter umarmen
die Sehnsucht nach Unendlichkeit.

Es ist die Rose,
die den Schnitter ruft.
Es ist nicht unsterblich,
was im Dunkelmond geboren wurde.

Ich fühle, dass sich die Rose nicht mehr lange halten kann. Und als ich ihren nahenden Tod begreife, erscheint am Horizont eine Gestalt, die sich mir schnell nähert. Sie trägt einen langen weiten Umhang, der im Dunkel der Nacht fast nicht zu erkennen ist. Ihr Gesicht, ein Schädel ohne Fleisch, der kalkweiß unter der Kapuze hervorblickt, erwidert meinen ängstlichen Blick mit Güte, mit Milde. Der Mond bricht durch den Sonnenblumen-Blütenteppich, die Sense ist gewetzt, blitzt auf. Das schlagende Herz erkaltet mir vor Angst.

Der Eisvogel setzt sich auf den Ast eines Birnbaums, der nicht weit entfernt von mir steht. Trotz der Dunkelheit erkenne ich die kupferrote Brust, die sich vom türkisfarbenen Mantel wie ein Panzer abhebt. Er singt für mich ein Lied:

»Wenn des Schnitters Melodie in dich dringt, treten Tränen des Verlusts aus deinen Augen. Wische sie nicht achtlos von deinen Wangen, denn es werden für lange Zeit die letzten sein, die aus deinem Herzen sprudeln.

Wenn du des Schnitters Stimme hörst, weißt du, dass die Zeit gekommen ist, die Rose in dir loszulassen. Du kannst, was geschehen muss, nicht aufhalten, also verabschiede dich von ihr. Versuche nicht, dich an sie zu klammern. Für sie ist die Zeit gekommen, zu gehen, damit du bleiben kannst.

Wenn du des Schnitters Gestalt erblickst, weiche nicht vor ihm zurück. Egal, wo du dich vor ihm verstecken wolltest, er würde dich finden. Die Rose wurde nicht von der Ewigkeit gezeichnet, der Schnitter führt aus, wofür er bestimmt ist. Die Rose ist zu jung, gerade erst erwacht, will nicht geschnitten werden, doch sie ist dem Tod geweiht, es wurde von hoher Stelle bestimmt. Sie kann nicht gerettet werden.

Wenn du des Schnitters Atem spürst, halte nicht die Luft an. Sauge ihn in dich ein, wie einen angenehmen Duft, der dich umgibt. Was er tut, begeht er sanft. Lasse ihn gewähren, denn er hat einen Auftrag zu erfüllen, den du weder verhindern noch verstehen kannst.

Wenn des Schnitters Sense dich berührt, halte still. Er setzt den Schnitt vorsichtig, um dich nicht zu verletzen, nur die Rose zu sich zu nehmen. Verabschiede dich von ihr, lasse sie in Frieden und mit deiner letzten Liebe ziehen. Irgendwann wird dir eine neue Rose übergeben werden, die nur für dich blüht, die dir ein Leben lang bleiben wird.«

Die Melodie ist verstummt, das Gehörte klingt nach. Die Gestalt ist also der Schnitter. Ich habe von ihm gehört. Er ist die ausführende Hand des Todes. Ich beginne, zu begreifen und zu zittern. Die Liebe zu meiner Rose ist verloren.

Nun wird Viktor aus mir herausgelöst.

Augenblicklich steht der Sensenmann vor mir. Ich schaue ihm in sein Knochengesicht. Angst vergeht, als er mich aus dunklen Augenhöhlen ruhig anblickt. Groß, mächtig wirkt er im Vergleich zu mir.

»Bist du bereit?«, fragt er mit leisem Bariton.

Ich kann nicht antworten, nur weinen. Tränen sind Antworten. Tränen geben zu verstehen, dass nicht zu retten ist, was von Anfang an gekränkelt hat.

Er streckt langsam die Sense nach mir aus, dringt in mich ein. Fast ohnmächtig vom Schmerz des bevorstehenden Verlusts fühle ich, dass mir die Rose stirbt, die eine, die sich Viktor nennt. Mein Blick ist in den Birnbaum gerichtet, ich hoffe inständig, den bevorstehenden Verlust wie ein Held zu ertragen. Der Schnitter zieht mir die Sense durch die Brust, trennt die Blüte vom Körper.

Der Eisvogel stirbt. Er, der Wegbereiter und Vorbote des Rosentodes schmilzt auf seinem Ast, wird zu Wasser, tropft auf die Erde, benetzt junge Wildblüher.

Der Abschied ist nicht aufzuhalten. Der Knochengesichtige holt, was bestimmt wurde, zieht sich zurück. Die Rose vergeht zu Erdenstaub, der Gräber bedecken wird. Ich verstehe nicht, warum sterben muss, was leben sollte. Rosenduft wird schwächer, Blütenblätter verblassen mit Erinnerungen, die dem Sekundentod geweiht sind. Alleingelassen wische ich mir Tränen von den Wangen, die letzten Tränen für die Rose, die sich Viktor nennt.

Ich hätte viele Fragen an den Schnitter gehabt, doch nun ist er fort. Ich rufe laut in die dunkle Nacht hinein, wie es denn mit mir weitergehen wird. War der Schnitter wohl zuerst bei Viktor? Hat sich geholt, was er nun auch in meinem Herzen vernichtete?

Keiner gibt mir Antworten auf die Geburt der Zeit nach dem Tod der Rose. Alles ist endlich. Doch kann vergehen, was von Gott berührt wurde?

Quintessenz Liebe – Ein Rotweintraum

Als ich gestern in der Nacht nicht schlafen konnte, weil ich um mein verletztes Herz weinen musste, begab ich mich in mein Wohnzimmer, schenkte mir ein Glas schweren Bordeaux ein. Ich griff nach dem geschwungenen Kristallpokal, führte ihn an meine Lippen, die begierig waren, das veredelte Nass zu spüren. Das fast schwarze Getränk rann Schluck für Schluck meine Kehle hinunter, verbreitete wohlige Wärme im ganzen Körper. Ich entspannte mich, wurde ruhig, träge, drückte mich tiefer in meinen Sessel. Meine Augenlider wurden schwer. Die Gedanken bewegten sich breiig in meinem Schädel, wurden immer dickflüssiger, wurden zu Honig, bis sie klebrig in meinen Gehirnwindungen feststeckten. Die Augenlider versiegelten, was nicht erkannt werden wollte.

Als ich die Augen wieder öffnete, lag ich unter einer Gruppe Buchen neben einem Mann. Seine Augen waren Bernsteine, sein Haar war Weizen, sein Körper war Marmor, sein Herz war tot. Er schien leblos und war es doch nicht, sein Brustkorb hob und senkte sich, er atmete.

Und während die Bäume plötzlich zu rauschen begannen, vernahm ich die Stimme einer alten Eiche, die zwischen den jüngeren Buchen stand. Sie rief mir die Warnung entgegen, davonzulaufen, mich schnellstens vor dem zum Menschen geworden Bösen zu verstecken, der in Kürze die Lichtung betreten würde. Irritiert, aber mir absolut sicher, dass die Eiche die Wahrheit gesagt hatte, erhob ich mich, ließ den Tod-Herz-Mann auf dem Boden liegen und versteckte mich hinter einem dicken Buchenstamm. Wartete. Lauerte. Beobachtete.

Ein mittelgroßer, schwarz gekleideter Blondmann betrat die Lichtung. Trug eine Frau auf seinen Armen. Legte sie umsichtig im Gras ab. Streichelte über ihre haselnussbraunen

Locken. Verschwand im Dunkel. Kam zurück mit einem großen Lederbeutel in der Hand. Legte ihn neben die Frau. Öffnete ihn vor der tief Schlafenden.

»Feuer – Wasser – Erde – Luft«, flüsterte die Eiche, »er ist der Magier, der Alchimist, der alles zerstört, was ihn liebt. Er ist innerlich leer, seelenlos, gefühllos. Er sucht nach der Quintessenz Liebe, um selbst überleben zu können.«

Der Beutel gab ein Messinggefäß, einen Dolch, sieben Bernsteine, diverse Kräuter, Friedhofserde, rostrotes Pulver, Wasser in einer Glasflasche und einen leeren Glaskolben frei.

Als ob der Mann die Eiche gehört hätte, suchte er mit seinen hektisch blickenden, bösen Augen den Waldrand nach dem ab, der ihn eventuell in seiner Zeremonie stören konnte. Nicht fündig geworden, sich in Sicherheit wiegend, entblößte er den Oberkörper der Frau, setzte die Klinge seines Dolchs zwischen ihren Brüsten an, drückte sie in ihr junges Fleisch, schnitt es entzwei, griff nach den Rippenbögen und brach sie auseinander. Das Herz wurde sichtbar, schlug gleichmäßig. Das Herz. Er legte seine Finger um das Organ, schloss die Augen, fühlte, wie es lebte, wie es das Blut durch ihren Körper pumpte.

Schweißtropfen liefen über meine Schläfen, meinen Hals, den Rücken. Ich hörte, fühlte mein Herz. Es schlug. Noch. Angst lähmte meinen Verstand. Der Rotwein wollte aus meinem Körper.

Mit einem kräftigen Ruck entriss er der Frau das Organ, bettete es in das Messinggefäß. Die Schöne war tot und war es doch nicht. Schwach atmete sie, lebte, ohne Herz.

Er gruppierte die Bernsteine um den schlagenden Muskel, legte die Herzkammern frei, befüllte sie mit Kräutern, Erde, Pulver, zog die Dolchklinge über die Innenfläche seiner rechten Hand, ließ sein austretendes Blut über Herz und Bernsteine tropfen. Er beschwor ein Feuer aus dem Himmel, das von Sommerlüften am Leben gehalten und verstärkt wurde, und befahl ihm, seinen Weg auf das schlagende Organ zu nehmen.

Der Magen spiegelte meine aufgewühlte Seele wieder, verkrampfte. Der Rotwein bahnte sich seinen Weg aus ihm, durch Speiseröhre, Rachen, Mund. Leise stöhnte ich. Der aus mir herausbrechende Schwall versickerte in der Erde, den Würgelaut verschluckten die Bäume.

Herz und Bernsteine brannten. Lichterloh. Eine blaue Flamme bedeckte, was eigentlich nicht brennen konnte. Schwarzes Herz und niedergebrannte Bernsteine wurden von ihm mit dem Wasser, Wasser aus einem Taufbecken, geheiligtes Wasser, das die Stirn eines reinen Säuglings berührt hatte, gelöscht. Unter lautem Zischen verband es sich mit Asche und Ausdünstungen des Erd-Kräuter-Herzens. Eine zähe Masse sammelte sich auf dem Boden des Metallgefäßes. Die erschaffene Flüssigkeit glich Teer, konnte nicht viel besser riechen.

Zufrieden über seine Schöpfung, nahm er einen Schluck des Gebräus. Er sog tief die frische Waldluft in sich ein, dass sich sein Brustkorb dehnte, sein Herz hörbar überlaut schlug, er vor Wonne zu stöhnen begann und seinem Schöpfer dankte, dass er lebte, dass er endlich wieder lebte.

Krämpfe durchzuckten meinen Körper. Schmerz und Unverständnis über die Taten des Blondmannes vermischten sich mit Schweiß der Angst vor ihm.

Er goss die Flüssigkeit in den Glaskolben, verkorkte, was niemals existieren sollte, hielt sie in den vollen Mond. Die Flüssigkeit wandelte sich, was dunkel geboren worden war, blich aus, schimmerte in seinem kalkweißen Schein milchig trüb. Der Alchimist faselte etwas von Liebe, der reinen Liebe. Er habe sie aus dem schlagenden Herzen gelöst. Es sei ihm gelungen. Wieder einmal sei es ihm gelungen.

Mir wurde schwindlig. Meine Beine versagten mir den Dienst, ich sackte auf die Knie. Die Gedanken kreisten in meinem Kopf, wollten sich nicht beruhigen.

Der Magier nahm das abgekühlte, schwarz verkohlte Herz aus dem Gefäß, setzte es der Frau in den Brustkorb ein, drückte die Rippenbögen zusammen, verschloss die Wunde mit Gefasel, das er in die Dunkelheit murmelte. Er erhob sich, betrachtete die Schöne. Ihr Herz schlug kräftig. Die Frau lebte. Er befahl ihr, die Augen zu öffnen, und sie tat, wie ihr geheißen, sie kam zu Bewusstsein. Ihre Augenlider flatterten, ihre Augäpfel blickten irr in den Wald, riefen mit leiser verängstigter Stimme ihren Verstand in den Körper zurück, um zu begreifen, was passiert war.

Der Blondmann räumte seine mitgebrachten Utensilien in seinen Lederbeutel zurück, kniete sich erneut neben die Frau, beugte sich über sie, küsste sie auf ihre Herzstelle, nannte ihren Namen, befahl ihren Namen, bat in ihrem Namen. Ihre Seele gehorchte ihm, kroch aus ihr heraus in den geöffneten Mund des Blondmannes und wurde von ihm gefressen.

Entsetzt stand ich auf, wollte fliehen, weil ich Angst um meine Seele hatte. Das Leben machte keinen Sinn, wenn man seelenlos existierte, sich von Tag zu Tag hangelte. Mein Körper versagte mir den Dienst, hielt sich dort versteckt, wohin die Eiche mich befohlen hatte.

Der herztote Jüngling, der vor Kurzem neben mir gelegen hatte, erhob sich von seinem Lager, schritt auf den Blondmann zu, vereinigte sich mit ihm. Sie wurden zu einer Person mit einem schlagenden Herzen und einer Seele, die nicht ihre war.

Die junge Frau griff sich wieder an die Brust. Das Herz schlug wie vorher, kräftig, stark. Doch sie spürte, dass etwas in ihr fehlte. Der Blondmann, der König über die Gefühle anderer, hatte sie geleert, ausgetrunken. Sie lebte und war tot.

Getötet durch die Hand des Alchimisten, der Viktors Augen hatte, Viktors Haare, Viktors Geruch. Getötet der Liebe wegen. Verstümmelt der Seele wegen.

Ich erwachte in meinem Sessel, öffnete die Augen. Mein Herz. Es schlug. Kräftig. Hektisch. Aber wo war meine Seele? Ich fühlte mich leer, ausgelaugt, ausgenutzt. Die Liebe schien tot, jegliches Gefühl verschwunden. Lebte ich denn noch? War ich inhaltslose Hülle?

Viktor, der Alchimist, der Magier hatte mich zu dem gemacht, was ich nun war, ein seelenloser Zombie, der sich in der Menschenwelt nicht mehr zurechtfand. Ein Traum, der Traum, Viktors Traum hielt mich gefangen in einer Welt parallel meiner. Ich war und war doch nicht, lebte und war tot, alles in einem.

Liebessterben

Viktor. Gestern. Schönster aller Männer. Ich streichelte deinen schlanken Körper. Ich küsste deine Stirn, die mit goldenen Haaren umkränzt war. Ich berührte die Lider deiner Bernsteinaugen, die in ihrem Honigfluss mein Herz öffneten. Dein Mund verführte, war köstlich im Geschmack, geschwungen in gotischen Spitzbögen. Deine Brust, hart, weiß, schlug für mich. Die darauf wachsenden lustig gekringelten Locken ließen mich unentwegt mit ihnen spielen. Dein flacher Bauch, Viktor, deine Taille, deine Lenden, erweckten in mir sinnliche Gelüste. Deine Beine, kräftig, schlank, brachten dich zu mir, um dich anschließend immer wieder weit weg von mir zu tragen.

Viktor. Heute. Grenzenloser Abscheu steigt tief aus meinen Eingeweiden hoch, wenn ich an dich erinnert werde. Er taucht aus meinem Magen auf, der noch gestern mit Schmetterlingen gefüllt war. Nun ist er prall voll mit deinem Unrat, den du in dir trägst, loszuwerden versuchst bei Menschen, die dir vertrauen, dich lieben. Er drückt mir gegen die Magenwand, dass ich fast keine Luft bekomme. Abscheu überkommt mich, wenn ich deinen Namen ausspreche, nur denke. Ich würde mich gern übergeben, kann es leider nicht. Dein hagerer weißer Körper steckt quer in mir, lässt sich nicht einfach auswürgen, klammert sich in mir fest. Schmächtiges Menschlein. Deine weiße, verbrauchte Haut wird rotfleckig, sobald du in Stress gerätst. Stress hast du, mit mir, Malve. Du riefst mich im Frühling und wirst mich nun nicht mehr los, nicht so, wie du dir das vorstelltest. Ja, die Flecken auf deiner Haut sind berechtigt, sie entspringen deiner verkorksten Seele. Entstellen dich. Zeigen, was du wirklich bist, nämlich ein Mensch, der einem Monster gleicht. Viktor, deine Seele ist schlecht, liegt immer auf der Lauer nach Beute, muss verletzen, demütigen, töten, zeigt kein Mitleid, kein Erbarmen einem zum Geben bereiten Menschen gegenüber, keine Reue. Eines tust du, den Gebenden mit seinen von dir zugefügten Wunden am Boden liegen lassen, verendend.

Viktor. Gestern. Statue aus Marmor. Schönheit aus einer vergangenen Welt. Überirdischer Geliebter. Gottähnliches Geschöpf mit Augen tief wie die Weltmeere, geboren in salzigen Gewässern. Deinen Geist zu preisen, ihn zu streicheln, wurde zu meinem Lebenselixier. Oden, Hymnen auf dich zu schreiben, dich in Hunderten Versen zu besingen war meine Daseinsberechtigung, für dich zu existieren meine Bestimmung. Ich tauchte ein, mein Liebster, in dich, berührte deine Erhabenheit. Stolz warst du, standest über allem, was das Leben billig machte. Ich begehrte dich, ich wollte Teil von dir werden, in dir sein. »Nimm mich auf, Malve, die Bittstellerin. Nimm deine kleine Demütige und sei gut zu ihr. Streichle mich. Liebe mich. Koste mich aus«, höre ich mich heute noch flehen.

Viktor. Heute. Es hat sich etwas verändert. Du bist in mich eingedrungen. Hast meine Seele verstümmelt, mein nur für dich blühendes Gemüt, das ich für dich als Rosengarten anlegte, achtlos umgepflügt. Du hast die Schätze meiner Liebe geraubt, mich mit leeren Kammern zurückgelassen. Du hast meinen schönen Rumpf Orkanen ausgesetzt, meine Segel gebrochen, das Steuerrad vernichtet, das Ruder zerstört. Der Anker ging verloren. Ich bin ein Wrack, gezeichnet von dir, einem unachtsamen Kapitän, der nur auf Abenteuer aus war. Der mich in den Sturm führte, um sich selbst auf eine schöne Insel zu begeben, auf der er sich nicht lange aufhalten mochte. Der mich bewusst in eine Havarie führte, um mich zu versenken.

Viktor. Gestern. Ich liebte dich. Ehrlich, tief. Große Gefühle schenkte ich dir, die du zu erkennen nicht in der Lage warst. Edel waren meine Gaben. Ich wollte dir alles zu Füßen legen, was ein Mensch nur geben kann. Wollte alles aufgeben für dich. Und du ließest mich in einem Liebeswahn, der mich fast das Leben kostete, sogst mich auf, labtest dich an mir. Genossest, ohne nachzudenken, welchen Schaden du anrichten könntest.

Viktor. Heute. Du musst nicht länger auf die Liebe eindreschen. Sie liegt schwer verletzt am Boden. Vor uns beiden. Ich knie vor ihr, nein, ich liege. Sie zuckt ein bisschen, atmet fast nicht mehr. Kannst du ihr Leid nicht erkennen? Du musst nicht weiter zutreten. Lass sie einfach gehen, sich zurückziehen, dorthin, wo sie sich erholen kann von deinen Grausamkeiten, dorthin, wo sie hergekommen ist. Halte sie nicht auf, sie hat es nicht verdient, von dir weiter gequält zu werden. Sie wollte zwei Menschen glücklich machen und ist daran gescheitert. Jetzt schämt sie sich ihres Versagens wegen.

Viktor. Morgen. Ich ziehe mich zurück, aus der Welt, von den Menschen, von Viktor. Ich drehe dem Blondmann den Rücken zu. Ich kann ihn nicht mehr in meiner Nähe haben, wende mich von ihm ab. Ich berühre noch einmal die Liebe. Ich sammle Energie, für sie, damit sie hochsteigen kann, dorthin, wo sie geboren wurde. Die Sonne hilft mir dabei. Sie ist ihre Tante, sie ist nun auch ihre Lebensretterin.

Viktor. Heute. Quälen ist dein Lebensmotto. Meine Seele unendlichen Martyrien auszusetzen ist dein tägliches Bestreben. Ich bin noch nicht dahintergekommen, warum du das tust, aber du hörst nicht auf damit. Wir hätten gemeinsam die Liebe retten können. Du möchtest nicht wissen, wie wir das geschafft hätten? Ich sage es dir trotzdem. Indem du das Weite gesucht, mich in Ruhe gelassen hättest. Dadurch wäre sie als schöne Erinnerung an unsere gemeinsame Zeit zu den Sternen gewandert, wäre der Nachwelt erhalten geblieben. Jeder hätte sie am Firmament leuchten gesehen. Überleben, ist das zu viel verlangt? Du hast in meiner Liebe einen Gegner gesehen, den es zu vernichten galt. Warum muss Liebe vernichtet werden?

Liebe. Heute. Geh, liebstes, kleines, von mir über alle Maßen geschätztes Gefühl. Sei frei. Frei von mir. Frei von Viktor. Geh und werde wieder groß, um einen anderen Menschen zu beschenken. Einen Menschen, der mit dir mehr anzufangen weiß. Einer, der dich würdigt.

Sonne. Heute. Mein Dank gilt dir, lichtspendendes Rund, dass du sie, die Verletzte, die Leidende, wieder zu dir nimmst, sie pflegst. Sag ihr, dass nicht alle Menschen die Liebe bekämpfen. Manche empfangen sie mit großer Freude und pflegen sie ein Leben lang. Diese Menschen gibt es. Ich möchte einen davon kennenlernen.

Kalter Stahl

Ich habe Viktor gesehen. Neulich. In seinem schönen silbernen Speedster. Vielleicht ist es auch schon etwas länger her als neulich. Die Zeit verrinnt. Man kann sich nicht immer genau erinnern. Es spielt auch keine Rolle. Der Schmerz ist unerträglich, als wäre er mir neulich erst zugefügt worden.

Ja, Viktors Speedster, seine ganze Liebe. Ein Haufen kalter Stahl, lebloses Aluminium, in eine ästhetische Form gepresst, schön lackiert. Mit Ledersitzen ausgestattet, Zierleisten. Schnurrendem Motor. Alles, auf das er jemals stolz gewesen, hatte ihn nicht mehr als zehn Monatsgehälter gekostet. Ein käufliches Glück. Aber befriedigt es ihn, meinen vermeintlichen Seelenverwandten? Weiß er, was es heißt, tief zu fühlen?

Er weiß es nicht mit Bestimmtheit. Er ahnt. Sicherlich. Und sucht. Vielleicht findet er eines Tages. Aber davon ist er weit weg. Ein Mensch, der kalten Stahl in den Himmel hebt, erkennt das Leben nicht. Nimmt nur einen kleinen Teil wahr. Lebloses Metall.

Viktor, er hat mich geschlagen. Meine Seele. Hat mir tiefe Wunden zugefügt, die nicht heilen wollen. Er bedauert ein bisschen, das weiß ich, er hat es mir auch gesagt. Wollte mich nicht verkratzen. Tut aber nichts, um mir den Schmerz zu nehmen. Lässt mich leiden, schaut nur zu. Wenn sein Gewissen sich meldet, dreht er sich mir weg. Ich bräuchte seine Schulter, er verweigert. Ich leide unerträglich.

Manchmal erschrecke ich vor mir selbst. In meiner tiefen Zerrissenheit möchte ich ihm Wunden zufügen, damit er weiß, was Schmerz ist. Ihn lehren, zu weinen. Aber ich kann ihn nur verletzen, indem ich seinen Speedster zerkratze. Ich tue es oft ganze Nächte hindurch. In meiner Fantasie. Gehe lachend an ihm vorbei, ein Stemmeisen in der Hand, und setze am rechten vorderen Kotflügel an. Ziehe den gehärteten spitzen Stahl über den schönen Silberlack, versuche, das Blech einzudrücken. Und, mein Geliebter, es tut gut, seinen Schmerz zu fühlen. Zu wissen, dass mit jedem Millimeter, den ich über das kostbare Blech fahre, er einen Tropfen seines Blutes verliert. Es ist eine Befriedigung für mich, wenn ich ihn weinen sehe, auch wenn er nur um tote Materie Tränen vergießt. Ich sehe ihn vor mir knien, mich bitten, seinem Leiden ein Ende zu machen, das Werkzeug aus der Hand zu legen.

Ich drehe mich dann zu ihm, schaue ihm in die Augen und frage ihn: »Warum sollte ich das tun?« Ich fordere ihn auf, mir Gründe für mein Aufgeben zu nennen. Antworten bekomme ich keine.

Ich verstehe nicht, wie man über einem seelenlosen Gegenstand in Tränen ausbrechen kann. Und ich erinnere mich, an neulich. Wie ich vor ihm kniete und ihn anflehte, mich in Ruhe zu lassen, mich nicht weiter zu verwunden, mir nicht das Herz zu zerstückeln. Er erhörte mich nicht, ignorierte meine Bitten. Also reagiere ich auf sein Flehen nicht. Mit jedem Kratzer, den ich seinem Auto zufüge, öffnet sich eine neue Wunde an Viktors Körper. Ich genieße in diesem Moment, dass ich stärker bin als er und meine Macht auslebe. Ich ziehe das Stemmeisen weiter über das Auto. Habe mich mittlerweile über sein Heck zu seinem linken vorderen Kotflügel vorgearbeitet und steche auf seine Motorhaube ein. Als ich alles verwüstet habe und Viktor nicht mehr die Kraft hat, sich auf den Beinen zu halten, vergewissere ich mich, dass er am Ausbluten ist. Und erst, als ich die rote Lache auf dem Boden sehe, gebe ich Ruhe. Werfe ihm lachend das Stemmeisen vor seinen Körper und ziehe mich zurück.

Jetzt wäre Zeit, ihm zu helfen, ihm einen heilenden Verband anzulegen, ihm Infusionen zu geben. Ich wüsste ihm eine Werkstatt, in die er seinen Speedster bringen könnte, aber ich unterlasse es, mein Wissen weiterzugeben. Er hilft mir bei der Heilung meiner Seele nicht, also werde ich mir selbst helfen, indem ich ihn leiden, ihn verenden sehe. Und ich genieße. Meine Wunden schließen sich nicht, so weit reicht die Genugtuung nicht aus, aber ich bekäme eine Frage beantwortet, die ich ihm oft gestellt, er sich mir immer entzogen hat und sich weigerte, sie zu beantworten. Ich rufe sie ihm noch einmal zu. Laut. Dass er es auch wirklich hört. Mich nicht missverstehen kann:

»Viktor, Neulich-Geliebter, der du mit deinem Auto zärtlicher umgehst, als mit einer Frau, die dich leidenschaftlich und ehrlich liebte. Wie hoch setzt du deine Moral an? Schlägst mich immer wieder, als ob du Spaß daran hättest. Lässt mich, deren einziges Vergehen es ist, dich in den Arm nehmen zu wollen, dich zu streicheln, dich zu halten, verbluten! Einfach so. Ist das die Bilanz deines traurigen Lebens, du tauschst kalten Stahl gegen ein warmes schlagendes Herz? Dann verblute auch du! Bitte mich nicht mehr, dich zu retten. Es tut gut, dich leidend zu sehen, wie ich leidend bin. Hörst du? Lass mich in Ruhe, füge mir keine neuen Wunden zu.«

Tränen kullern aus den Bernsteinaugen meines Liebsten. Granatrote Blutstropfen. Viktor weint. Dickte rote Tränen. Um sein zerkratztes Auto, nicht um meine verwundete, nicht heilen wollende Seele.

Geliebter. Vergießt Lebensflüssigkeit. Um kalten Stahl. Nicht um einen dir zugewandten Menschen.

Soll ich dich verbinden? Soll ich dir die Chance geben, deine Wunden auszuheilen? Ja, sage ich dir, wenn du deine Hand auf dein Auto legst und mir sagst, was du fühlst. Ja, gestehe ich, wenn du deinen Kopf an meine Brust drückst, mein Herz schlagen hörst und mir sagst, was du empfindest. Dann, und erst dann werde ich dir helfen. Ich bin stärker als du. Spürst du es? Du liebst leblos, ich lebe Liebe. Das ist, was uns unterscheidet und mich übermächtig macht.

Neulich-Geliebter, wirst meine Vergangenheit sein, dennoch hast du mir eine Zukunft verschafft mit deinen verletzenden Stichen.

Durch dich erkenne ich meine Stärken! Jeden Tag mehr!

Das Gefängnis

Ich bin gefangen, habe Gitterstäbe vor meinem Blick. Dicke rostige Eisenstangen, die mich in einem Verlies halten, in das ich nicht gehöre. Wassertropfen nehmen die Farbe des Eisens an, mit dem sie in Berührung kommen, rostbraun, suchen sich ihren Weg zu meinen Fußspitzen, um mich zu unterkühlen. Tropfen für Tropfen wird es kälter um mich, in mir. Das Herz verhärtet, das Gehirn vereist. »Steter Tropfen höhlt den Stein«, sagt man. Ich denke, das Sprichwort wurde für Menschen wie mich geschrieben, die der Kälte des Lebens ausgesetzt sind, es Tropfen für Tropfen jede Sekunde, in der das Herz noch schlägt, fühlen können. Dann vereist das Fühlen. Die Hand zittert, wenn sie den Tropfen berührt, vor Angst, wenn er die Kälte abstrahlt, die das Leben erstarren lässt.

Zugesperrt ist mein Kerker, mit einem Schloss, dessen Mechanismus ich nicht verstehe, es nicht knacken kann, der Schlüssel in meines Wächters Hosentasche steckt. Dunkel ist es hier, übel riechend. Kalter Zigarettenrauch dringt ständig zu mir vor, kriecht mir in die Nase, setzt sich in meine Lungen. Eine kleine Kerze leuchtet in der Schwärze der Nacht. Sie steht keine Armeslänge von mir entfernt, möchte mir Kraft schenken mit ihrer winzigen Flamme, das Leben nicht aufzugeben, nicht wegzuwerfen. Möchte mich wärmen in diesen kalten Mauern, dieser eisigen Temperatur. Sie ist ein tapferes Dingchen, das Mut zusprechen möchte, nicht verlöschen will, weil ich sonst ganz allein wäre. Nein, sie möchte an meiner Seite stehen, möchte meinen Weg, meinen Ausweg erhellen, und sie ist sich sicher, dass sie das auch kann.

Ich zittere, weil die Minusgrade mit ihren spitzen Messern mir mein Fleisch ritzen. Jeder Atemzug, den ich nehme, schneidet mir in die Lungen. Die Kälte ist unerträglich. Wenn ich meine Lungen entleere, kondensiert mein Atem, setzt sich auf die Gitterstäbe, läuft irgendwann als rostige Brühe das Eisen hinunter zu meinen Füßen. Ein ewiger Kreislauf. Täglich dämmert mir mehr, wo ich mich befinde.

In Viktor.

Ich bin in ihm gefangen. Vor einigen Monaten ging ich auf ihn zu, in ihn, ging in ihm auf, und nun versteht er es, mich nicht frei zu geben. Er hat mich eingesperrt, hat die Tür zu meiner Freiheit verschlossen. Dunkel ist es hier. Kalt. Je mehr ich mich umschaue und mich versuche zu orientieren, desto irritierter stelle ich fest, dass ich keine Ahnung habe, wie ich mich aus dieser Situation befreien kann.

Wo genau in seinem Körper halte ich mich auf? Ich könnte mich überall befinden. In seinem Magen, in seinen Lungen, in seinen Nieren. Doch meine Vermutung bestätigt sich täglich mehr, dass er mich in seinem Herzen eingesperrt hat. Herzen sind Festungen, Herzen sind Burgen, Herzen sind Schlösser. Alle haben sie eines gemeinsam, irgendwo in ihnen befindet sich ein Verlies, ein Gefängnis.

Meines Peinigers Herz ist eine Burg, dessen Gefängnis tief in ihm vergraben ist. Die rostigen Gitterstäbe zeugen davon, dass es schon vor langer Zeit eingerichtet wurde. Als Kind schaute ich mir oft und gern als Besucherin Burgen an, bewegte mich immer mit Spannung in den Verliesen, sah mich intensiv interessiert in den Folterkammern um, deshalb weiß ich so sicher: Ja, ich bin eingekerkert.

Ich fühle, dass sich die Wände um mich zusammenziehen und wieder auseinanderbewegen. Ich rieche eine Flüssigkeit, die durch die Kammern transportiert wird. Sie stinkt erbärmlich, als handle es sich um Abwässer, doch eine feine Note von Eisen strömt mit. Kloakenblut. Ein pochendes Geräusch bekräftigt meine Vermutung. Es hört sich an, als ob sich Deckel auf Öffnungen legen, etwas verschließen und wieder öffnen. Klappen. Herzklappen? Ich vernehme es etliche Male in der Minute. Was außer dem Herzen könnte es sonst sein?

Das bisschen Verstand, das mir geblieben ist, bestätigt mir, dass es Viktor egal ist, wenn ich in seinem Kerker verrecke. Noch versuche ich, mich freizukämpfen. Aber meine Kräfte schwinden. Ich werde schwächer, bin krank.

Die Kerze reckt sich in diesem Moment, kann mich nicht leiden sehen, möchte heller strahlen und stellt sich auf Kerzen-Fußspitzen, um größer zu wirken.

Ich sehe eine Zeit vor dieser Dunkelheit, damals, als ich Viktor anfing zu vertrauen. Er war meine Flamme, die mir Liebe für ihn schenkte. Und ich tauchte bereitwillig in seinen Körper ein. Ich glaubte, mühelos zu seinem Herzen vordringen zu können. Ich versank in seiner schneeweißen Brust und machte mich auf den Weg zu seinem liebenden Organ, fand seinen Muskel, warm, der schnell schlug, nur für mich. Ich nistete mich in seiner Nähe ein und fühlte ihn, jede Sekunde, in der ich wachte. Doch binnen kürzester Zeit verhärtete das Herz. Giftige Stacheln wuchsen aus ihm und richteten sich gegen mich.

Ängstlich sitze ich in einer Ecke neben der Kerze. Ich möchte weinen, um mich, um die Welt, die so schlecht ist wie Viktor. Ich bin mittlerweile zu kraftlos, um diese Gefühle aus mir zu schwemmen. Tränen sind versiegt, was bleibt, ist die Angst, in ewiger Angst leben zu müssen.

Viktor ist nicht der Mensch, den er vorgab zu sein, mutig durchs Leben zu schreiten. Als ich begriff, wie es um ihn bestellt war, welcher Feigling er war, bewegte ich mich auf den Ausgang meiner Herberge zu. Einmal in seine Blutbahn gelangt, würde es mich ganz selbstverständlich aus seinem Körper spülen. Doch er hatte mir meinen Ausgang verschlossen, die Spur für ein Verlassen aus seiner Herberge verwischt, wie nur Spieler das tun können, und ich irre in seinem Inneren umher, gleich einem Labyrinth des Grauens, verletze mich an seinen Stacheln.

Stürme von fauliger Luft blasen aus seinen Lungen, doch die Kerzenflamme hält stand. Ich kann den Weg nicht mehr sehen, bin gefangen im Dunkel, doch die Kerze brennt. Ich bin um die Kleine sehr dankbar, dass sie seit vielen Wochen ihren Dienst so bereitwillig, ohne etwas von mir zu wollen, verrichtet.

Was sie von mir möchte, was sie für sich erreichen will, frage ich sie.

Ihre Antwort rührt mich zutiefst. Sie möchte nichts weiter, als mir ein Lächeln abzuringen, das tief aus meinem Herzen kommt. Sie möchte mich endlich wieder glücklicher sehen.

Wer sie aufgestellt hat, möchte ich wissen?

»Freunde«, antwortet sie.

Ich erkenne die Kerze der Freundschaft, die nicht im Stich lassen will, was in Trostlosigkeit versunken sterben möchte.

Spielzeug

Als ich mich in den nassen Sand, dem weiten Ufer meines Sees setzte, erblickte ich am Horizont eine Glasflasche. Sie schwamm auf mich zu, wurde etwa zehn Meter, bevor ich sie greifen konnte, langsamer und kleine Wellen versuchten, sie in die Mitte des Gewässers zurückzuspülen. Ihr verkorkter Verschluss setzte Algen an, schimmerte grün. Ich sah, dass etwas in ihrem Bauch steckte, das ein Brief sein konnte, und neugierig geworden durch diesen, wollte ich die Flasche unbedingt bergen. Ich krempelte mir die Hosenbeine bis zu den Knien hoch, stieg vorsichtig ins kalte Wasser, schritt langsam der Flasche entgegen. Doch der See wollte wohl nicht, dass ich sie zu fassen bekam, denn er trieb sie immer ein wenig weiter von mir weg.

Nach mehrmaligen gescheiterten Bergungsversuchen kreuzte mein Freund, der Schwan, am Horizont auf, begriff die Situation, wurde mein Verbündeter, schob mir die Flasche in meine Hand. Ich dankte ihm dafür, ergriff sie angespannt, stieg aus dem Wasser und setzte mich in den Ufersand. Kraftvoll zog ich am Korken, lockerte ihn, öffnete sie.

Ohne jede Erwartung an den Schreiber, mit geschickten Fingern, zog ich das Papier aus dem Flaschenbauch und entrollte es. Mein Schwan setzte sich neben mich, forderte mich auf, laut vorzulesen, was geschrieben stand. Er legte seinen Kopf auf mein Knie und blickte mit seinen schwarzen Knopfaugen auf meinen Mund. Ich konzentrierte mich auf die Mitteilung, las laut vor:

Malve,

da du dich immer an diesem See aufhältst, möchte ich dir über dem Wasserweg eine kurze Mitteilung zukommen lassen. Ich habe das, was du in Händen hältst, in Hast geschrieben, weil ich keine Zeit mehr für dich habe.

Ich brülle dir entgegen: Lass mich ein für alle Mal in Ruhe! Ist das bei dir angekommen, ja? Deine erbärmliche alles-retten-wollende Art kotzt mich an, du kotzt mich an. Ich ertrage deinen Anblick nicht mehr. Verzieh dich, lass mich, wo ich bin, was ich bin, wie ich bin!

Du warst für mich ein lustiger Zeitvertreib. Es war interessant zu sehen, wie weit ein Mensch, wachgerufen durch einen anderen Menschen, sprich, durch mich, den Übergroßen, den Supertollen, in seinem Fühlen gehen kann. Nenne es ein Experiment, mehr warst du nicht. Du warst mein Spielzeug, weil mir langweilig war.

Weißt du, wenn man tagein, tagaus zur Arbeit geht, muss man sich auch ein bisschen ablenken dürfen. Die Arbeit ist eintönig, befriedigt nicht immer. Als Kinder hatten wir Spielzeuge, die uns in andere Welten entführten, uns auf das Leben vorbereiteten, uns vor Langeweile bewahrten, heute haben wir das wohl auch noch. Als Kind war es das Stofftier oder die Puppe, heute ist es der Mensch.

Ich hatte viel Spaß mit dir, du schriebst eine interessante Geschichte für uns, aber jetzt wird mir das einfach zu langweilig, du wirst langweilig. Wir sind in diesem Spiel auf einem Gefühlshöhepunkt angekommen, den wir nicht mehr toppen können. Ich habe uns auf diesen Höhepunkt gebracht, gehe als Sieger hervor. Es ist vorbei. Deine Erbärmlichkeit, alles richten zu wollen, ist vorbei. Würden wir weiter spielen, wäre Stumpfsinn vorprogrammiert, und diesen habe ich jeden Tag im Betrieb, zusätzlich, wenn ich dich sehe.

Ich werfe dich weg, wie ich das mit Spielzeug immer gemacht habe. Also, nimm's einfach so, wie es ist, du bist eine ausgemusterte Sache, an der ich keinen Gefallen mehr habe, kein Interesse mehr. Du hast dich als Null entpuppt, wie all die anderen, mehr habe ich nicht zu schreiben.

Absender: Viktor

Erstarrt hielt ich den Brief in den Händen. Meine Finger zitterten, konnten das Blatt Papier fast nicht festhalten. Mein Freund hob entsetzt den Kopf, schaute mich mitleidig an, plusterte gefährlich sein Gefieder auf und fauchte.

»Malve, da du zu schwach bist, es zu tun, werde ich Viktor für dich töten.«

Ganz ruhig saß ich vor meinem gefiederten Freund, begriff nicht, was ich gerade gelesen hatte. Meine Augen ruhten auf der Wasseroberfläche des Sees, mein Blick war gebrochen. Mein Verstand begriff das Schreiben nicht. Ich war Spielzeug für Viktor gewesen? Warum hatte ich es wohl nicht gemerkt? Konnte denn überhaupt ein Mensch das Spielzeug eines anderen Menschen sein? Wenn ja und man unfreiwillig in ein Spiel geworfen wurde, mussten dann nicht erst Spielregeln festgelegt werden, um dem Scheitern desselben vorzubeugen? Wollte ein Spieler das Scheitern seines Mitspielers? War nicht unfair, unwissend in ein Spiel geschickt zu werden, ohne vorher zu erfahren, dass man nichts weiter als eine Figur war, die zum Verlieren vorprogrammiert schien? Fassungslos schüttelte ich immer wieder den Kopf und schaute den Schwan dabei an.

»Es macht keinen Sinn mehr, ihm nach dem Leben zu trachten. Was geschehen ist, kann nicht rückgängig gemacht werden, hat sich in den Weltenchroniken verewigt, wird durch seinen Tod nicht aus den Seiten getilgt werden.«

Meine Stimme hörte sich brüchig an, wollte mutiger klingen, fand die Kraft nicht dazu. Ich war eine ausrangierte Puppe, nicht mehr und nicht weniger.

Der Augenblick, als ich den Brief in Händen hielt, ist so präsent, als wäre es gestern erst gewesen. Viktor und ich sind wie Kinder, die nicht gelernt haben, miteinander zu sprechen. Ich habe die falschen Fragen gestellt, er fand darauf keine Antworten. Wir öffneten uns füreinander und verschlossen uns wieder voreinander. Meine Gefühle zu ihm, ein Spielzeug für ihn.

Ich habe die Einzigartigkeit dieser Liebe verloren, kann sie nicht mehr sehen, kann mit niemandem mehr darüber sprechen. Viktor hat mir meine Arme ausgerissen, mir den Mund zugenäht, mir die Augen ausgestochen. Die Beine habe ich noch, um vor ihm zu flüchten. Angst, dass er mich finden könnte, existiert nicht, da er mich nicht finden will.

Meine Antwort an ihn, die ich nie abschicken werde:

Viktor,
du lebst das Leben nach deinen Spielregeln, die mit Fairness nichts zu tun haben. Du bist ein Spieler, dein Leben ist ein Spiel, die restliche Welt das Spielzeug. Ich habe begriffen, ich bin auf deiner ganz persönlichen Müllkippe gelandet und versuche, aus dem Sumpf stinkenden Unrats zu grabbeln, entdecke andere Leichenteile, die Menschen gehörten, mit denen du ähnlich verfahren bist. Ich möchte nicht einfach entsorgt werden, muss es aber so hinnehmen, denn ein Spiel kann unfair sein. Doch wie reagierst du, wenn ich das Spiel, dein Spiel, nun nach meinen Regeln beende? Wirst du damit klarkommen?

Lass dir eines gesagt sein, ich brauche etwas Zeit, um zu mir zu finden, um das Gute im Leben wieder zu erkennen, um den Grund meiner Geburt zu hinterfragen. Nur ein Spielzeug für einen launischen, unwichtigen Menschen gewesen zu sein, ist nicht meine Bestimmung, das spüre ich.

Ich werde gehen, werde dich in Ruhe lassen, aber akzeptiere diese Entscheidung dann auch. Ich bin die gefallene Dame in deinem Räuberschachspiel. Die Königin steht, das Spiel hast du nicht gewonnen. Wir werden sehen, welche Regeln die Zeit für uns bereithält. Sie ist der größte Gegner, dem du nicht gewachsen bist. Zeit, die Königin des Spiels hat ihre eigenen Regeln.

Die Königin heilt die gefallene Dame. Die Königin verschafft ihr den Abstand, den die Dame braucht, um sich wieder auf dem Schachbrett des Lebens behaupten zu können. Die Dame kehrt an ihren ihr vorbestimmten Platz zurück.

Malve

40 Jahre, 19 Tage

Viktor, Geliebter, Kunstgebilde meiner dunklen Nächte, meiner trüben Tage. Hör zu, was du mir angetan hast. Verstehe, was du mir gabst.

In meinem vierzigsten Jahr, am neunzehnten Tag erwachte ich. Mitten in der Nacht. Nach unruhigem Schlaf. Kalter Schweiß stand auf meiner Stirn, rann zwischen meinen Brüsten dem Nabel entgegen, die Tropfen kitzelten meine Bauchdecke. Ich wischte mir über die Augen, schlug sie auf. Alles schwarz. Dunkelheit. Keine Ahnung, wie spät in der Nacht es war oder wie früh am Morgen. Ich fühlte nach meiner Decke, die ich mir während des Schlafs ans Fußende meines Bettes getreten hatte. Zog sie um mich. Schloss meine Lider wieder und hoffte, einzuschlafen. Konnte nicht, weil die Nässe auf meiner Haut mich unangenehm berührte. Versuchte verkrampft, mich zu entspannen.

Aber wie ich die Beine leicht angezogen, mein feuchtes Laken unter mir spürte, fühlte ich … ein Nichts. Mein Körper war eine vakuumierte Hülle, ausgepumpt jeglicher verflüssigter Stimmungen, Leidenschaften, Träume. Beraubt. Das Erkennen kreiste in meinem Kopf, berührte mein Bewusstsein. Ich nahm das Nichts war, die tiefe Leere. Ein Gefühl, das wehtat, obwohl Schmerz nicht existieren konnte, keine Grundlage hatte, sich zu vermehren, sich überhaupt zu halten. Apathisch setzte ich mich auf, machte Licht, wusste, dass mir schlechtmachte, was ich nicht mehr in der Lage war zu spüren. Ich stierte an die Decke, hörte erneut in meinen Körper. Fasste mir an die Brust, drückte eine Faust gegen mein Herz. Alles leer. Verbraucht. Das Leben gelebt. Zu jung, um tot zu sein, und doch schien es vorbei.

Eine Nachtdepression? Extreme Stimmungsschwankungen? Wenn die Sonne aufging, verzogen sich auch die düsteren Gedanken. Doch hoffen konnte ich darauf nicht, auch nicht darüber nachdenken, ich fühlte ja nicht, war einfach nur … Nichts. Nach vierzig Jahren und neunzehn Tagen erkannte ich, dass ich nichts mehr hatte, was ich anderen Menschen geben konnte. Keine Liebe in mir, kein Mitgefühl, keine Freude. Die Daseinsberechtigung für das Leben verloren.

Fragen stiegen in mir hoch. Übernatürliche Gedankengänge. Gab es einen Menschen, der sich meiner Gefühle bedient hatte? Der in der Lage war, zu stehlen, sich ihrer zu bemächtigen, mich auszutrinken? Ich hatte sie nie versteckt, Liebe, Mitgefühl, Mutlosigkeit, Angst, immer alles offen ausgelebt. Hatte sich jemand meiner Kraft bedient, meiner bejahenden Art zu leben, dass ich nun auf der Strecke bleiben sollte? Hatte jemand mich missbraucht, ohne dass ich es gemerkt hatte? Vielleicht ein Seelenvampir? Konnte es denn anders sein? War ich einem Gefühlssauger zum Opfer gefallen, der mich mit seinen Bissen geleert hatte? Vielleicht war ich schon gestorben, jetzt erwacht zum Geschöpf der Finsternis. Nun selbst auf der Suche nach Lebensenergie.

Wie ich mir diese Fragen stellte und keine Antworten bekam, trat deine Gestalt vor mein Bett. Nackt. Wunderschön. Viktor. Weizenblonder Jüngling, Geliebter meiner erotischen Fantasien. Du beugtest dich über mich, lecktest den Schweiß auf meiner Haut und schautest mich mit deinen bernsteinfarbenen Augen an. Dein Blick, so leer, bettelnd nach Leben, nach meiner Energie. Viktor, eine leere Hülle, wie meine. Du streicheltest meine Bauchdecke, berührtest mit deinen Händen meine Brüste. Legtest dich auf mich. Ich spürte deinen warmen Körper, der sich an meinem rieb. Nahm dich in meine Arme und küsste dich. Und wie deine Zunge meine berührte, du meinen Atem einsogst, deine Hand nach meiner Seele ausstrecktest, erkannte ich die Sinnlosigkeit dieser Liebe. Fühlte plötzlich meinen nahen Tod, wenn ich mich nicht lossagen konnte von dir.

Du gabst mir in diesem Moment die Antwort auf die wichtigste meiner Fragen. Ich lebte noch.

Und als ich merkte zu fühlen, erkannte ich auch einen letzten Rest Mut in mir. Mut, dich aufzugeben. Dich der Leere, dem Seelentod auszuhändigen. Mich zu retten. Dieser Tropfen Gefühl war schwach, dennoch stärker als alles, was du jemals verspürtest. Dieser Tropfen, er gab mir die Kraft, dich fortzuschicken. Und ich wies dich von mir. Ich befahl dir, mein Herz zu verlassen. Den Bodensatz meiner Lebensenergie nicht zu berühren. Du strecktest mir ein letztes Mal deine Zunge entgegen, durchdrangst mich ein letztes Mal mit deinen Augen, berührtest ein letztes Mal meine Brüste. Gabst mich frei. In deinem Gesicht erkannte ich Unverständnis. Fassungslosigkeit.

Aber du gingst, nahmst die Leere mit. Und ich spürte, dass der Tropfen Mut ein kleines Pflänzchen benetzte. Es war das Gewächs des Vertrauens, der Zuversicht zum Leben. Ein winziges grünes Ding. Zart, zerbrechlich, dennoch stark genug, um die kommenden Minuten zu überstehen, die sich mit Schmerz füllten. Und ich wurde sein Gärtner, sein Aufpasser. Ich versteckte es in dieser Nacht, nach vierzig Jahren und neunzehn Tagen tief in mir, in meinem Garten der Stärke.

Als der junge Tag die schwere Dunkelheit vertrieb, fühlte ich das erste Blatt meines Pflänzchens an seinem dünnen Halm wachsen, und ich freute mich. Und wie ich mich freute, kam die Lebenskraft zurück. Ich pflege es seither, lasse ihm Zeit, Früchte zu tragen, Liebe, Vertrauen. Gefühle, die du mir aussaugtest mit deinen blutleeren Lippen, deinem unendlichen Durst nach Leben, deren Wurzel du mir fast zerstörtest.

Viktor, was du mir nahmst, gabst du mir in überreicher Erkenntnis zurück, einer Wahrheit, für die ich dir meine Liebe noch einmal schenken würde. Du öffnetest mir den Blick in mein Innerstes und gabst mir das Wissen, nicht sterben zu können. Du übermitteltest mir die Fähigkeit, wahrzunehmen und künftig besser auf mich zu achten. Sollte meine Pflanze irgendwann eingehen, trage ich doch die Samen für unendlich starke Gefühle in mir. Besäße ich die Gabe, meine Pflanze zu vermehren, ich würde dir den ersten Spross in dein ödes, mutloses Herz setzen.

Mut zum Mut

Viktor. Lass uns einmal über Mut sprechen. Mut. Weißt du, was er ist, was er bedeutet?

Du hast sicher schon einmal von ihm gelesen, dieses Wort gehört. Es ist ein sehr alter Begriff, indogermanischen Ursprungs. Mut wird auch Wagemut oder Beherztheit genannt. Beherztheit, Viktor, Mut entspringt dem Herzen und ist eine Charaktereigenschaft, die einem nicht angeboren ist, sondern die man sich erst im Lauf seines Lebens erwirbt, die den Edelcharakter groß, stark werden lässt. Hat man ihn sich verdient auf dem Schlachtfeld menschlichen Tuns und Treibens, ist gereift im Dunkelleben, ist man bereit, einer Gefahr, an der ein anderes Lebewesen oder man selbst tief leidet, fast zugrunde geht, entgegenzutreten und sie aus der Welt zu schaffen.

Das Herz ist die treibende Kraft. Stürzt sich in die Weiten des Zeitenstroms, in die Abermillionen Geschichten, die dem Kosmos entspringen, geschrieben für die Seelen in Ewigkeit. Das Herz will etwas wagen, das gefährlich ist, das einen unsicheren Ausgang nehmen kann. Gefühlsverletzungen bedeuten Herzleid. Ein gefühlsverletztes Herz wird krank. Mutig sein heißt, seinem Herzen zu vertrauen, auf es zu hören, des anderen Herz zu hören, es mutig zu heilen. Es braucht eine gewisse Größe, sich für den Mut auszusprechen.

Viktor. Gefühle entspringen dem Herzen! Könntest du dir vorstellen, mutig zu sein? Wäre dein Herz so stark, um zu versuchen, zu retten, was im Trüben versinkt?

Irgendwann in deinem Leben hast du dich dafür entschieden, Menschenherzen als Spielzeuge zu missbrauchen. Herzspiele bedeuten immer Seelenleid, Körperleid, unter Umständen sogar Herztod. Herzspiele sind unverantwortlich, unfair, da keine Spielregeln dazu existieren. Du bist der Verfasser deines eigenen Triebes, Menschen zu vernichten, hast deine eigenen Spielregeln, die du mit niemandem teilst. Du akzeptierst, dass stirbt, was du in den Fingern hattest, als sei es die normalste Sache auf dieser Welt.

Doch halt. Ich trete dir entgegen. Ich bin die Mahnerin all derer, die du schon in den ewigen Sumpf nie heilenden Leids geworfen hast. Die Königin des Räuberschachs hat mich berührt und mich zu ihrer Springerin gemacht, um den Turm einstürzen zu lassen. Der Turm, genannt Viktor, muss zerstört werden, um kommendes Leid zu vermeiden. Du schaust mich ungläubig an. Bist irritiert. Weißt nicht, ob du in Hohngelächter ausbrechen sollst. Möchtest mich aus deinem Sichtfeld fegen. Ich stehe vor dir, bewaffnet mit übergroßem Mut. Dem Mut, dich zu stoppen.

Viktor. Hast du schon einmal von mutigen Menschen gehört? Mutige Menschen sind solche, die, obwohl sie Angst vor etwas haben, trotzdem tapfer für das einstehen, was sie für richtig halten. Sie müssen viele Hindernisse überwinden, Verletzungen hinnehmen, stehen dennoch zu ihrem Vorhaben, die Welt ein Stück besser machen zu wollen.

Ich bin die rechte Hand der Königin, verweise dich dorthin, wo dein Platz ist. Doch möchte ich zuerst von dir wissen, wo du dich einreihen würdest, wenn du eine Überlebenschance bekommen solltest? Könntest du dir vorstellen, eines Menschen Herz zu heilen, indem du dich für dein Spiel entschuldigen würdest, das du treibst, ohne deinem Gegenüber jemals eine Chance gelassen zu haben? Ich weiß, dazu braucht es Mut. Herzensmut. Herzenskraft.

Ich habe den Mut, auszusprechen, was ich von dir denke und wie ich deinetwegen fühle. Die Worte entspringen meinem Herzen. Ich trete dir gegenüber. Ich sage dir, ich liebe dich noch immer. Du hast mir durch deinen Blick eine Sicht auf die Welt ermöglicht, wie ich sie vor dir nicht kannte. Dieser Blick erfüllte mich mit Liebe und Leid gleichermaßen. Ich fand Gefallen an beiden Seiten. Ich versichere dir, ich vergebe trotz allem, was du tatest, an mir und allen anderen.

Dein Körper ist krank vor Arbeit, ausgelaugt vom Alkohol, leblos von den Drogen, verbraucht vom Nikotin. Wo andere Menschen mich bitten, dich in Ruhe zu lassen, weil bei dir alles hoffnungslos scheint, trete ich ihnen entgegen und sage ihnen, dass es sich lohnt, um jeden Menschen zu kämpfen. Ich möchte kämpfen, um dich, dafür, dass das Herz sieht, was es anderen Menschen antut. Was muss an Energie aufgebracht werden, dich auf den Pfad des Erkennens zu führen? Rührt sich die Beherztheit noch in dir? Kann dein Herz, dein schlagender Muskel denn noch sprechen, oder ist er todkrank? Existiert deine Seele? Wann kann in dir Mut aufkeimen, dich mir anzuschließen, unsere beiden Herzen zu heilen?

Es geht mir nicht gut, ich gebe es zu. Du hast mit mir gespielt, Gefühle getreten, meinen Glauben an den guten Menschen zerquetscht. Mein Herz schlägt fast nicht mehr, weil es durch viele deiner Angriffe verwundet wurde. Viktor, mit aller Kraft, die mir zur Verfügung steht, mit allem Herzensmut, den ich aufbringen kann, appelliere ich an dich als die Frau, die dir bisher am nächsten gekommen ist: Bekämpfe deine Schwäche, andere zu verletzen und sie dann einfach ihrem Schicksal zu überlassen. Ich kann nicht glauben, dass du nur aus einer Langeweile heraus mit einem Menschen spielst, du machst das aus einem anderen Grund, den ich noch nicht erkannt habe, ich mir aber sicher bin, noch zu finden. Du bist schwach, kannst aber stark werden, indem du den Feigling in dir bekämpfst. Stell dich deiner dunklen Seite und geh sie mit fachkundiger Unterstützung an.

Öffne dein Herz, lasse Licht in dich ziehen. Werde mutig, hohe Werte mutig zu verteidigen, beherzt mit den Menschen zu reden, ihnen Antworten zu geben auf deine unfairen Taten, sie um Verzeihung zu bitten. Herzensgröße steckt in jedem Menschen, auch in dir. Habe den Mut, in dich zu gehen, dich zu erkennen, aus dir herauszuwachsen. Die Menschheit verlangt nach Heilung. Du kannst in Barmherzigkeit dazu beitragen.

Der Schmerz

Ich sitze am See und denke über Schmerz nach. Schmerz unterteilt sich in körperlichen sowie seelischen. Über den körperlich zugefügten Schmerz muss ich nicht reden, jeder weiß, in wie vielen Situationen er entstehen kann und sich im Körper manifestiert. Der seelische ist mein Herzensthema, das mich seit Monaten fest am Wickel hat. Was bedeutet er? Wie wird die Seele verletzt?

Ich habe einige Zeit gebraucht, um eine Erklärung zu finden. Gefühle können Werkzeuge sein, Seelenwerkzeuge, die in der Lage sind, anderer Menschen Seelen zu streicheln oder zu verletzen, bis zur Unkenntlichkeit zu zermalmen. Gehässigkeit beispielsweise ist ein spitzer Dolch, der geradewegs seinen Weg in ein Seelenherz findet, der zustößt, immer wieder, den Seelenkörper ausbluten lässt. Lüge ist eine Herzblutwaffe, die eine Seele vergiften kann. Missbrauchte Liebe ist ein Schredder, der eine Seele in kleine Stücke hackt.

Viktor, der Spieler, hat meine Seele verletzt. Ich leide, ich blute Seelenblut, deshalb für den Betrachter unsichtbar. Der Schmerz ist unerträglich. Das Herz droht zu zerspringen, vor Leid, das mir ein kaltblütiger Mensch zufügte. Viktor hat das getan, er ist der Herr des Bösen. In Viktors Umfeld kleben Fleischfetzen aus meinem Herzen, mein Blut tropft von seinen Wänden. Die Fasttötung meines Herzens ist unerträglich. Mein Kopf ist leer, Gedanken können sich nicht manifestieren. In meinem Vakuum-Schädel kreist die eine Frage nach dem Sinn seines begangenen Verbrechens.

Körperliche Wunden werden verbunden, Salben helfen zu heilen. Gibt es Seelenverbände für Seelenwunden?

Ich kann meine Tränen nicht zurückhalten. Sie bahnen sich ihren Weg aus meinem verletzten Herzen, meiner in viele kleine Teile zerstückelten Seele. Ich muss mich setzen, meinen Kopf kurz auf meine Knie legen, der Schwäche nachgeben. Sterben, im Bauch meines Sees zu liegen wäre ein Segen, doch ich erkenne, noch ist es nicht meiner. Ich rapple mich wieder auf. Stehe. Die Schwäche ist gegangen.

Nun wende ich mich an Sie. Ja, genau an Sie. Sie kennen mittlerweile mein Leid, ich habe Ihnen schon davon berichtet, und Sie können sich vielleicht in mich hineinversetzen, mir ein Ansprechpartner in Seelennöten werden.

Ich möchte Sie darauf hinweisen, dass ich stehe, immer noch stehe. Ich könnte auch liegen, wenn ich zum Beispiel müde wäre oder krank oder tot. Aber nein, ich stehe. Aufrecht. Die Schultern zurückgezogen, den Hals gestreckt, die Augen in den Himmel gerichtet. Sie stellen mir die Frage, warum es so wichtig ist, zu betonen, dass ich stehe? Diese Frage kann ich Ihnen beantworten. Weil ich das eigentlich nicht mehr dürfte. Ein Mensch hat mich am Wickel und versucht mich nach allen Regeln der Mörderkunst zu töten. Ich bin in die Fänge eines Blondmannes geraten. Ich schenkte diesem Menschen meine Seele. Ich tat es in größtem Vertrauen und tiefer Liebe, beginnender Freundschaft. Man könnte meinen, nach all dem Leid, das mir Viktor zufügte, müsste ich am Boden liegen. Aber nein, das tue ich nicht, weil ich den Auftrag habe, meine Seele zu schützen. Ich habe eine Stärke entwickelt, die ich nie für möglich hielt. Ich stehe, weil ich meine Seele verteidigen soll, gegen einen Mörder.

Wer mich das anwies, wollen Sie wissen? Das kann ich Ihnen beantworten. Er taucht in meinen Träumen auf, nennt sich mein geistiger Führer. Vor einigen Wochen hat er sich mir vorgestellt.

Etwas hält mich am Leben, um weiter diesen Irrsinn zu spüren. Mir kommt manchmal der Verdacht, dass ich sehen möchte, wie Viktor am Boden liegen bleibt, in meiner Blutlache, die sich mit seiner mischt. Ist das mein Auftrag, den mir mein geistiger Führer erteilte? Die Trümmer meiner Seele zu erfühlen, sie zusammenzusetzen, zu realisieren, wie sie heilt, indem ich Viktor in den Tod begleite?

Ich stehe, ja ich stehe. Meine Eingeweide sind zerfressen, von ihm vergiftet. Zu viel Angst, Schrecken, Schmerz haben sie angenagt, Darm um Magen um Nieren um Leber. Dennoch funktioniert mein Körper, um die tägliche Arbeit zu verrichten. Ja. Irgendwie hangle ich mich von Tag zu Tag, gleich einem herzlosen, seelenlosen Nichttoten, der ich niemals werden wollte, Viktor mich aber in diese Rolle drängte.

Tod. Alles ist still. Wie ich mich danach sehne, um dem Schmerz zu entkommen. Dem lähmenden, dem brennenden, dem vernebelnden, dem nach weiteren Verletzungen dürstenden Schmerz. Schmerz, der mir in einer Laune zugefügt wurde. Oh nein, ich werde nicht sterben, nicht durch Viktors Verletzungen. Wie schon gesagt, ich möchte ihn am Boden liegen sehen. Blutend.

Nun stehen Sie kerzengerade vor mir. Nehmen mich in den Arm. Ich spüre körperliche Wärme und ich glaube, zu erkennen, dass da ein Funke Vertrauen Ihnen gegenüber ist. Ja, Sie schenken mir etwas, das mir guttut. Und nun sagen Sie mir, ich solle mich komplett von Viktor abdrehen. Ihn nicht mehr wahrnehmen, um mich retten zu können. Schmerz, Rache, Hass würden noch einige Wochen ständige Begleiter sein, dann sei alles geschafft.

Sie sagen mir, ich solle mir vorstellen, Viktor sei eine Droge, von der ich gekostet, er mich in Dimensionen getragen habe, die ich nie für möglich hielt. Ich sei nun süchtig nach Sphären, die zu erreichen ohne seinen Konsum für mich schwer würden. Ich solle mir das klarmachen. Viktor sei eine Gefühlsdroge, meine Gefühlsdroge. Ich müsse mich in einen harten Entzug begeben, es wäre für mich zu schaffen. Ich solle mich an das Überleben klammern, alles andere finde sich mit der Zeit. Die Königin des Schachspiels verschaffe mir den Abstand, den ich von der Droge bräuchte, um zu heilen. Viktor würde somit erledigt werden, so wie es mein Anliegen sei.

Sie begründen meinen Entzug damit, dass er Freude gefunden habe am Quälen, weil ich immer wieder angekrochen käme. Doch plötzlich würde ich da nicht mehr zu seinen Füßen liegen, sondern aufrechten Hauptes an ihm vorbeigehen, ihn nicht sehend, ihn nicht hörend. Er werde nicht begreifen, warum ich das tue, werde nach mir schreien, sagen sie. Das sei mein Seelenverband, sein Schreien nach mir werde zu meiner Heilung.

Ihr Ratschlag fühlt sich stimmig an und ich werde versuchen, die Stärke zu finden, um Ihre Worte befolgen zu können. Ich stemme mich gegen meinen Seelenschmerz, gegen die Droge Viktor. Wenn ein Abwenden von ihm meine Heilung bedeutet, werde ich diesen Weg gehen. Sie sind mein Strohhalm, mein mutiger Lebensretter. Ich werde Ihnen diesen Ratschlag nie vergessen. Wann immer Sie mich einmal brauchen könnten, stehe ich gern an Ihrer Seite.

Buchenschloss

Malve nähert sich ihrer Freundin, der Buche. Sie trägt ein übergroßes Etwas in ihren Armen, hält es fest, hat schwer zu schleppen. Muss immer wieder stehen bleiben, um zu verschnaufen. Die Muskulatur will nicht mehr. Fast könnte man meinen, die Menschenfrau schafft nicht, was sie sich vornahm. Wenn sie sich mit neuer Kraft aufgeladen hat, geht es weiter, aber wieder nur für einige Meter, dann ist die Energie auch schon wieder aufgebraucht. Teils schleift sie das Etwas über den Waldboden, teils versucht sie erneut, es auf die Arme zu nehmen, teils nimmt sie huckepack, was eigentlich sterben sollte.

Wenn man genauer hinsieht, sich dieses Etwas betrachtet, stellt man fest, dass es sich um einen Mann handelt. Malve befasst sich mit dem, der äußerlich einem Lebewesen ähnelt, aber innerlich widerlicher Unrat ist. Schwarz, versaut. Eine große Kloake, prall gefüllt mit Red Bull, einer Überdosis Zigaretten und Ecstasy, Spuren von Kokain. Seine Seele stinkt in den Himmel und seine verkorkste Aussprache erschreckt die Engel.

Das Menschenkind Malve hat ihren Liebsten ein paar Tage in ihren Armen gehalten. Diesen Schwächling. Sie hat ihn an ihr Herz gedrückt, das in Ketten liegt, damit es nicht zerspringen kann vor Schmerz. Sie hat seine schrundige pickelige Haut an ihren Wangen gefühlt, ihn gestreichelt. Doch jetzt hat sie selbst keine Kraft mehr. Sie sieht diesen Viktor an, weiß, er braucht Hilfe, die sie ihm kein erneutes Mal geben, ihn kein weiteres Mal ins Licht ziehen kann. In diesen für Malve dunklen Zeiten geht das nicht.

Endlich hat sie ihre Buche erreicht, zerrt an dem Viktormenschen und legt ihn ihrer Freundin auf ihre überirdischen Wurzeln.

Malve spricht: »Buche, Liebste, teuerste aller Bäume. Ich bringe heute Nacht Viktor zu dir. Ich übergebe ihn dir, damit du ihn in mein Schloss aufnimmst, das ich in deine Krone baute. Sei gut zu ihm, wie ich es war. Vergiss, was ich über ihn sagte, wie ich deine Rinde mit meinen Tränen benetzte. Er braucht deine Hilfe. Er ist unten, psychisch, ganz tief am Boden. Unendlich traurig. Sein Herz tut ihm weh. Er dümpelt bei deinen Wurzeln, kriecht in deinem Schatten. Ich möchte ihn der Sonne entgegen heben, die deinen Wipfel durchflutet, ihn zwischen deine Zweige und Blätter legen. Damit er genest. Seine Seele heilt. Du ihm guttust.«

Die Buche antwortet: »Malve. Übergib ihn getrost. Ich werde versuchen, was du mir aufträgst. Doch antworte, warum möchtest du ihn mit Licht durchfluten, wo er dich in Dunkelheit stürzte?«

Malve spricht: »Werter Baum, eben weil ich die Dunkelheit kenne, möchte ich ihm zeigen, wie ein Licht durchzogener Pfad des Vertrauens aussieht. Und der Liebe. Des Mitgefühls. All dessen, was er verloren hat und glaubt, es nie wieder finden zu können. Ich weiß, wie es in ihm aussieht. Ich ertrage sein krankes Gemüt nicht. Ich nehme in ihm den Zustand der gesamten Menschheit wahr. Alle sind sie krank. Alle verhalten sie sich wie dieser eine Mensch. Alle sind sie eins mit meinem Blondmann. Der ganze trübe Menschenbrei, ein einziger Viktor. Lass mich ihn mit meinem Schloss in deinen Zweigen vertraut machen.«

Die Buche spricht: »Lege ihn mir in die Krone. Ich streichle ihn, wie du es tatest. Ich gebe ihm Kraft, wie du sie auf ihn übertrugst. Ich pflege seine Wunden, wie ich mich um deine kümmerte. Malve. Menschenfrau. Hab keine Angst um ihn. Solange er bei mir ist, wird es ihm gut gehen.«

Und Malve verlässt ihren Viktor, ihre Freundin, die Buche. Dreht sich nicht um. Will sich nicht verabschieden. Abschiede schmecken nach Trauer. Bitter. Nach Ewigkeit. Nein. Sie sieht ihren Viktor wieder. Wenn sie selbst genesen ist.

Sie geht an den See und taucht ins kalte grüne Wasser ein. Lässt sich fallen, mit offenen Augen. Sieht den dunklen Grund ihres Freundes, berührt die Seealgen, die sich auf dem sandigen Boden mit der Strömung wiegen.

Der See streichelt: »Malve, beste, allerliebste Freundin. Lasse dich treiben in meinem Wasser des Mitgefühls, des Wissens, der Liebe für Nächste. Spüre. Bewege dich mit den Wellen. Küsse die Hechte. Streichle die Barsche. Sie alle verehren ihre tapfere Freundin Malve. Die Heldin, die das Vertrauen verteidigt.«

Malve wird dem See gleich. Hat keine Schmerzen mehr, keine Angst in sich, keine Zweifel ihrem Viktor gegenüber. Sie ist einfach nur die Reinheit. Das Wasser. Sie fühlt sich als Fisch, als Alge, als Sandkorn. Sie zerfließt in der grünen kalten Weite ihres Freundes, und es ist alles gut.

Und Viktor ruft in der Krone der Buche nach irgendjemandem. Vögel kommen zu ihm, wollen mit ihm reden, ihn aufmuntern, ihm etwas Liebes sagen. Doch das ist es nicht, was er sucht. Er fühlt seine Malve nicht mehr. Erkennt nicht, dass er in ihrem Schloss ruht, das sie für ihn baute. Fühlt sich nur gefangen von einem Baum. Wehrt sich gegen die Energie, die die Buche versucht, Viktor zu spenden. Ist geblendet von der Sonne, die heilen will. Verjagt jeden Vogel, der sich auf seinem Arm niederlässt, duldet ihren fröhlichen Gesang um seine Malve nicht. Nein. Er hält sein Gefängnis nicht aus. Erhebt sich, klettert den Stamm hinab, läuft an den See. Er ruft nach der Menschin. Sieht sie vor sich im Wasser treiben. Immer näher bringt das Schicksal sie ihm an den Strand. Eine Handbreit, mehr ist da nicht mehr zwischen ihnen. Er zieht seine zu Kräften kommende Malve aus dem Nass an sich. Nötigt sie, dass alles wieder wird wie früher.

Und alles wird wieder wie früher. Viktor ist in seine gewohnte Umgebung zurückgekehrt, Malve pflegt ihn. Zehrt von der Kraft, die der See ihr gespendet hat. Und Viktor wird stark. Und Malve wird schwach, krank, totengleich.

Der Hass

Ein Zwerg, ein kleiner Naturgeistermann taucht ungesehen bei Malve auf, möchte sie beobachten, einfach in ihrer Nähe sein. Er ist fasziniert von ihr und ihrem Leiden. Gibt es einen Menschen in seinem Umfeld oder einen anderen Zwerg, der so leiden kann wie sie? Leiden, extrem leiden, ist eine Gabe. Wer extrem leidet, der liebt extrem, macht alles extrem, das hat dieser Mensch so an sich. Der Zwerg denkt sich immer wieder, dass Malve dieses Leid genießt, sich im Leid suhlt. Ja, so muss es sein, das große Leben, und sie lebt es aus. Schöpft tief, in allem, was sie tut. Menschen würden sie verrückt nennen, er sieht sie als leidenschaftliches Geschöpf von Mutter Erde, als Lichtwesen, die auskosten kann, was in dieser Intensität selten erreicht wird, Liebe, Leid, Schmerz, Trübsinn. Alles treibt Malve mit ihren Gefühlen auf die Spitze.

Und nun schreibt sie. Mit Bluttinte. Sticht sich immer wieder in den Unterarm, lässt einen Gänsekiel sich mit ihrer Körperflüssigkeit füllen und geht ganz in diesen Gefühlen auf, treibt zu ihrem Blondmann, den sie auf Händen trug, für den sie ihre Identität aufgab, nur für ihn existierte. Pergament ist der Träger der Bluttinte. Die Verfasserin des Schreibens heißt Malve. Sie ist die Rächerin aller zertrampelten Rosen, Malve, die Hasserin.

Viktor,

»Liebster« werde ich dich nach all dem, was du mir angetan hast, nicht mehr nennen, denn das bist du nicht. In Momenten wie diesen, in denen dein mir zugefügter Schmerz nachlässt und ich einen Hass spüre, der so groß ist, dass ich den kompletten trägen, hässlichen Menschenbrei, der sich um mich herum tummelt und mir vorgaukelt, das Leben sei es wert, gelebt zu werden, ermorden möchte, bin ich bereit, dich zu foltern, dir Qualen zuzufügen, so lange, bis du um Gnade winselst. Dann gehe ich darüber hinaus, quäle weiter. Deine Schreie sind Balsam für mich, Medizin, die ich brauche, um mich von deinen mir zugefügten Wunden zu erholen.

Das Herz existiert nicht mehr. Das Herz ist tot. Der Körper ist ausgeblutet. Die Liebe ist verreckt. Wer ist daran schuld? Du. Darum hasse ich dich. Aber einen Hass nur auszusprechen ist nicht wirksam, nicht genug für das, was du getan hast. Er muss ausgelebt werden, wird das durch mich. Du fragst mich, warum ich dich hasse? Bekommst feuchte Augen bei meinem Erscheinen? Kannst gar nicht verstehen, wie ich so heftig reagieren kann? Nun, es gibt nur eine Antwort. Ich wurde gedemütigt. Als Liebende. Ich legte dir, ermutigt durch dich, alles zu Füßen, was ich geben konnte, du machtest dich darüber lustig. Ich denke, der Hass ist eine gesunde Reaktion meines Körpers auf deine Demütigungen. Ich möchte überleben und kann das nur, wenn du leidest. Mein Nicht-mehr-Liebster, als denkender Mensch sollte man seine Grenzen kennen und sie nicht überschreiten.

Immer, wenn ich hasse, zutiefst hasse und an dich denke, geht es mir schnell besser, denn ich weiß, dass du leidest. Und du leidest, ich sehe es in deiner kränkelnden Gestalt. Du bist ein kleiner schmächtiger, hässlicher Mann, der nie von anderen respektiert wurde. Du bist ein Magier mit deinen Bernsteinaugen, und nur durch sie wurdest du für mich schön. Um dich vor anderen zu beweisen, führtest du mich vor aller Augen an der Nase herum. Nun, man wendet sich von dir ab. Jeder, der mich leiden sieht, versetzt dir einen tödlichen Stich durch seine Ignoranz zu dir. Du hast mir die Rosen zertrampelt. Achtlos. Gefühllos. Sie haben für dich geblüht, jetzt liegen sie auf irgendeinem

Komposthaufen. Dafür wirst du bezahlen. Die Saiten deiner Geige sind gerissen, deine Melodie ist verstummt, der Himmel steht mir bei, es ist aus für dich.

Du fragst dich, wie ich meinen Hass ausleben kann? Nun, indem ich deine verkümmerte Seele quäle. Oh ja, ich musste es lernen, da ich von Natur aus nicht in der Lage dazu war, aber nun ist die Qual in mir verankert, ich koste genüsslich die bittere Note. Ist es dir nicht aufgefallen? Ich wende mich ab. Ich trete nach dir. Ich demütige dich. Ich lache über deine hässliche Fratze. Der Hass ist übergroß, doch ich muss aufpassen, ihn nicht zu verlieren, er wird mit jedem Jammern, mit jedem Flehen, das du mir entgegenbringst, kleiner, und Mitleid mit dir kommt zurück. Das kann ich nicht zulassen. Du leidest, das sehe ich, und das tut mir gut, ist Futter für die kommende kalte Zeit. Mit jedem Mal, wo du dich mir wieder näherst, wirst du kleiner, verlierst an geistiger Größe, und ich drücke deine übelriechenden Zigarettenstummel in deine von dir selbst zugefügten Gefühlswunden. Ich wiegle die Menschen gegen dich auf, auch das gehört zum Quälen. Sie lachen über dich. Und sie verachten dich, dafür, dass man solche Dinge tut, wie du sie getan hast. Ich zerstöre dein Selbstvertrauen, du gehst gebückt, ich habe es geschafft, denn du hast mir die Rosen zertrampelt. Es gibt keine Gnade für dich. Du musst leiden, wie ich leide. Musst spüren, was es bedeutet, das Herz eines Menschen krank zu machen, der sich dir anvertraute; die Liebe zu töten, die nur dir gehörte; die Rosen zu zertrampeln, die einzig für dich blühten.

Dein Leid wird täglich größer. Deine Augen sind verquollen, rot. Deine Leber ist hart vom Saufen. Ich trinke stilvoll Rotwein, feiere meine kleinen Siege über dich, du säufst ein Zeug in dich hinein, das dir deine Innereien zerfrisst. Ich stelle dir dein benötigtes Gift gern literweise zur Verfügung, damit du schneller den Abgang schaffst. Du stinkst erbärmlich nach Schweiß und fettigen Haaren, weil du dich nicht mehr pflegst. Du bist ein psychisches und physisches Wrack, und ich juble bei deinem Anblick, denn ich bin schadenfroh. Warum? Du hast mir die Rosen zertrampelt.

Das Grab ist gerichtet, für dich, mein Rosenmörder. Gib dich endlich auf, gib uns auf, du kannst nicht mehr umkehren, was schon längst nicht mehr lebt. Du hast die Liebe getötet. Leg dich freiwillig hinein, in den gerichteten Sarg. Mit Wonne vernagle ich den Deckel, damit du nie wieder Tageslicht erblickst, nie mehr andere Menschen demütigen kannst. Es lebe der Hass, der mich stark macht, der es mir ermöglicht, dich immer tiefer zu vergraben. Mit bloßen Händen schaufle ich, Zentimeter um Zentimeter, kontinuierlich das dunkle Loch, in das ich dich versenken werde.

Eine Rose wird auf deinem Grab wachsen. Eine schwarze Rose, gefärbt durch meinen Hass, dennoch zauberhaft schön in ihrem Aussehen, betörend in ihrem Duft. Die letzte Rose, Hassrose genannt.

In tiefer Abneigung,

Gezeichnet Malve

Der Zwergenmann hat sich verliebt, in Malve, die Hasserin. Fasziniert liest er immer wieder die Zeilen, die sie geschrieben hat, entschließt sich, sein Zwergendasein aufzugeben und an ihrer Seite zu bleiben. Sie ist zu Großem bestimmt, das spürt er. So groß wie ihre Gefühle sind, so groß hat Mutter Erde eine Aufgabe für sie bereitgestellt, die sie meistern wird, mit ihm an ihrer Seite.

Malvinengrab

Wenn ich an Irland denke, taucht ein Steinkreuz vor meinen inneren Augen auf. Es steht in den Bergen von Wicklow. Weit weg von Menschensiedlungen. Es ist aus Granit. Bemoost. Aufs Meer gerichtet. Eine weiße Rose reckt sich stolz erhaben als Wächterin auf dem, was sich unter ihr zur Ruhe begeben hat. Ich lese die Grabsteininschrift: MALVINE. Sie erinnert mich an meinen Vornamen. Malve – Malvine. Beide Namen sind sich ähnlich, haben vielleicht denselben Ursprung, doch ich weiß nicht, wer Malvine ist. Könnte es eine Frau sein, die hier ihre letzte Ruhestätte fand, oder ein Mann, den ich aufgrund seines Namens nur nicht als solchen zuordnen kann?

Seit wann Malvine hier ruht, geht aus der Inschrift nicht hervor. Die Rose ist sehr alt, weiß um das Todesjahr, das spüre ich. Die Rose ist das Symbol desjenigen, den sie bewacht, ist ihre Verbündete, stellt die Verbindung zwischen den Sphären her. Sie lässt zu, wenn ein Wissender sich dem Kreuz nähert, verteidigt mit ihren Dornen, wenn ein Unwissender das Areal entweihen möchte.

Angezogen vom Steinkreuz, als ob es mich rufen würde, schließe ich die Augen. Ich öffne mein Bewusstsein, lasse meine Seele frei, dorthin zu fliegen, wohin es sie zieht. Ich stehe binnen eines Wimpernschlags am Ufer der Irischen See. Bin nach einem zweiten Wimpernschlag in den Bergen von Wicklow, knie vor dem Grab.

Ich weiß, dass dieses Grab etwas mit mir, mit meinem Leben zu tun hat, dass es meine Vergangenheit, meine Gegenwart, meine Zukunft bedeutet. Was es genau damit auf sich hat, gibt es noch nicht preis. Doch ich fühle, dass sehr altes mystisches Wissen dahintersteht, mit mir in Verbindung treten möchte.

Ich beginne zu recherchieren.

Ich möchte wissen, wer hier begraben liegt. Hinterfrage die Bedeutung des Steinkreuzes, das es auf die Menschen von Wicklow haben könnte. Ich fantasiere, warum es abgeschieden von der Zivilisation steht. Ich stelle die Fragen, wann immer sich mir eine Person nähert, der ich zutraue, mir eine Antwort geben zu können. Doch stets wird nur mit den Schultern gezuckt. Es beteuern mir Menschen, Unwissende in meinem Fragengewirr zu sein. Verblüfft und erstaunt über besagte Antworten bin ich dann schon ein wenig, da andere Erdenbewohner dieses Grab kennen und regelmäßig aufsuchen.

Tiere versammeln sich vor dem bemoosten Granit, treffen sich, als hätten sie sich verabredet, plaudern miteinander, geben Laute von sich, die ich nicht verstehe. Erst neulich, als ich meiner Seele gewährte, nach Irland zu fliegen, erblickte ich ein Rudel Rotfüchse, die sich wie selbstverständlich auf das Grab niederlegten, sich in seinem Steinkreuzschatten ausruhten. Bei näherer Beobachtung hatte ich das Gefühl, als unterhielten sie sich mit dem, was unter ihnen begraben lag. Igel, Dachse, Vögel kommen in regelmäßigen Abständen, verbringen Zeit mit einer Präsenz, die mir fremd ist, sich mir nicht erschließt.

Auch kann ich berichten, dass es für Geistwesen eine Selbstverständlichkeit ist, sich dem Grab zu nähern. Ein Damhirsch aus der Geistwelt, der Mächtige, der König der Altwelttiere, verneigt sich vor dem, was nicht tot zu sein scheint, hält Zwiesprache mit dem, was sich im Grab befindet.

Je öfter ich den Ort besuche, desto genauer erkenne ich Umrisse einer Frau. Sie verbindet sich mit der Rose, wird eins mit ihr, wird zur Rose, war immer die Rose, wird sie immer sein. Sie ist das Wildgewächs, das für die Liebe steht, das sich zu wehren weiß gegen den, der sie versucht, zu brechen. Sie richtet ihren Blütenkopf in den Himmel. Der Wind zerzaust ihre Blätter, doch er reißt sie ihr nicht aus. Zu sehr ist er vom Duft der Schönheit berauscht.

Der Damhirsch stellt dem Kosmos die Frage, wann Malvine wieder erweckt wird.

Der Kosmos antwortet, dass eine Wiedererweckung unmittelbar bevorsteht. Ich fühle, SIE und ich sind EINS. Ich fühle, ich werde erkennen, bald. Wann immer der Damhirsch mich sieht, blickt er mit seinen dunklen Augen tief in mich, sendet mir ein Gefühl der Freundschaft aus, das ich in mir aufnehme, das uns aneinanderbindet, uns vorbereitet auf eine Zeit, in der wir einem gemeinsamen Ziel entgegenschreiten.

Meine Seele tankt, wann immer sie sich nicht mehr finden kann, am Malvinengrab neue Energie. Und wenn sie nicht mehr in Irland bleiben möchte, lasse ich ihr die Entscheidung, in den Buchenwald zu fliegen. Und dort, bei meiner Freundin, der Buche, tritt der Damhirsch seit einiger Zeit aus dem Dickicht auf mich zu.

Anfangs war ich durcheinander, dass der König Wicklows seinen Standort gewechselt hatte, aber nun bin ich glücklich, wenn er mich besucht. Ich kann mit ihm sprechen, wann immer mir danach ist. Ich schließe die Augen, rufe den Namenlosen. Er tritt mir in seinem gepunkteten Sommerfell entgegen, ist mein geistiger Begleiter und erzählt mir, dass für mich bald eine Reise beginnen wird, die mich für immer verändert.

Was das für eine Reise sei?, möchte ich von ihm wissen. Er antwortet mir dann: Es wäre zu früh, um darüber zu sprechen, doch bald würde die Zeit gekommen sein, es zu erfahren.

Wann immer ich an Irland denke, weiß ich, dass Malvinengräber eng mit meiner Vergangenheit, meiner Gegenwart und meiner Zukunft verbunden sind. Und wann immer mir diese Erkenntnis kommt, wird mir klar, dass ich nicht ungeduldig der Zeit entgegenfiebern darf, bis sich mir eine Antwort bietet, sondern sie ruhig auf mich zukommen lassen muss.

Die Zeit ist ein Maß, von Menschen erdacht. Malvinen fallen aus der Zeit.

Die Rose

Müsste ich meine Liebe zu Viktor mit einem Wort beschreiben, würde ich, ohne zu zögern, sie als die Rose benennen.

Rose. Viktor. Viktor. Rose. Sie ist die Blume der Liebenden. Hochgewachsen steht sie vor mir. Berauscht mit ihrem betörenden Duft. Verführt mit ihren samtenen Blütenblättern in schmeichelnden Farben. Verzaubert mit ihrem wohlgeformten Blütenkelch. Weckt Sinnlichkeit, Verführung, Lust. Zieht in eine Traumwelt, die Eden heißt. Die Rose ist der Liebe ebenbürtig, geschwistergleich.

Rose. Viktor. Viktor. Rose. Meine Rose. Sie droht mit ihren Dornen. Mir, die ich sie liebe. Sie macht mich traurig, wenn ich ihr trockenes Holz, ihr welkes Blattwerk wahrnehme. Viktor. Rose. Tränen steigen mir in die Augen beim Anblick der freiliegenden kranken Wurzel. Sie ist von Pilzen, Rost, Läusen befallen. Doch die Blüte. Berauscht. Die Blüte. Verführt. Die Blüte. Gaukelt Dinge vor, die nicht existieren. Rose. Geliebte. Liebster. So schön. So krank.

Die Rose steht einsam. An meinem See. Bringt keine jungen Triebe mehr hervor. Lockt allein durch ihre letzte schöne Blüte, ihr letztes Locken, ihr letzter Sommer. Ich liege zu ihrer Wurzel. Drehe mich auf den Rücken und nehme ihren Blütenstempel wahr, der von einer Biene besucht wird. Ich atme ihren betörenden süßen Duft tief in mich ein, der ihr in sanften wabernden Dünsten entströmt. Er legt sich schwer auf mein Herz. Wickelt es in kalte Verbände der Gewissheit, dass es keine Rettung für sie gibt. Tränen. Mehr bin ich nicht bereit zu geben. Ich vergieße Tränen. Rote Tränen. Herzbluttränen. Das ist alles, was aus mir tritt. Meine Tränen. Für eine Sterbende. Meine Rose vergeht. Aber die Blüte, honigfarben, will das Leben nicht loslassen. Will überleben.

Ich küsse ihre samtenen Blätter, erfreue mich an ihrer Farbe, fahre die Zeichnung ihrer Blüte mit sachten Fingern nach. Wandere in zärtlicher Vorsicht ihren glatten braunen Stil hinunter Richtung Wurzel. Ja, ich betone die Vorsicht bewusst, denn sie ist bei ihr geboten. Sie stellt spitze Dornen auf. Ich habe mir zu oft blutige Finger an ihnen geholt.

Ich betrachte sie, sehe dich. Ich atme dich, dein schönes Gesicht erscheint vor mir.

Viktor. Betörer lauer Sommernächte. Ihre Dornen sind böse in die Welt gerichtet. Ich liebte sie und sie stach mich. Blut. Überall. Erschrocken zog ich mich von ihr zurück, um mich erneut von ihrem Duft, ihrer lieblichen Erscheinung einfangen zu lassen. Streichelte immer wieder, wenn auch vorsichtiger nach jeder Verletzung. Doch die Rose stach.

Viktor. Rose. Von jeder ihrer Dornen, mit der sie mich angriff, steckt die Spitze in meinem Herzen. Es ist durchbohrt, schmerzt und kann fast nicht mehr schlagen. Die Liebe, die Schönheit ihrer Erscheinung ließen mich nicht los, halten mich noch immer in der Blüte gefangen. Ich leckte. Ich streichelte. Ich liebkoste. Vorsichtig. Sacht. Auf der Hut vor ihren Waffen, aber nicht vorsichtig genug, um nicht immer wieder gestochen zu werden. Ich musste sie berühren, konnte dem inneren Drang nicht widerstehen, sie zu küssen, zu schmecken. Ich konnte nur noch in ihrem süßen schweren Duft leben. Und sie verletzte. Ich war süchtig nach ihr, jede Sekunde, in der ich sie atmete. Doch die Dornen, Messer, gegen mich gerichtet, machten mir klar, dass wir beide für die Ewigkeit verloren waren. Die Rose muss sterben, weil sie die Liebe nicht zu schätzen weiß. Die Rose vergeht, weil sie die Spielregeln des Lebens missachtete.

Rose. Einsame. Ich kann sie nicht heilen. Viktor, vergib. Ich sehe zu, wie Millionen Läuse sie aussaugen, wie Raupen sie kahlfressen, wie die Natur sie vertrocknen lässt. Ich fühle

Pilzsporen durch die Luft fliegen, sich auf ihr ansiedeln, sich an ihren Blättern, ihrem Holz festkrallen. Kann nicht helfen. Ich bin selbst krank. Ich liege zu ihrer Wurzel.

Viktor. Ich weine um ihn. Um die Rose in seiner Seele. Zu schön, um vergehen zu müssen.

Rose. Viktor. Viktor. Rose. Sie, für die mein Herz schlug, steht einsam. Ein Wildwuchs, deshalb für mich umso wertvoller. Ich rieche sie jetzt, im Herbst, wie ich sie das erste Mal roch, im Frühling. Rein. Intensiv. Sie trug mich fort, in eine Welt fern jeglicher Hässlichkeit. Auch jetzt fliege ich. In die Wolken. Mit ihr. Edelste aller Rosen. Wie ich sie liebte. Ich liege zu ihrer Wurzel, im Schatten ihrer Vergänglichkeit, die zu früh für sie besiegelt wurde von höheren Mächten.

Rose. Viktor. Viktor. Rose. Alles verschwimmt, wird unwirklich. Ihr Duft. Betört mich noch immer. Aber ich bin krank. Nein, ich sterbe nicht. Sie ist die, die geht. Wie lange kann sie noch überleben? Keinen Winter mehr. Ihre Blüte beginnt bereits zu welken, ihr Duft vermischt sich mit der Erde. Diese wird aber nicht ihr Grab sein, ich habe eine letzte Ruhestätte für sie ausgemacht. Ich werde sie bestatten. An einem Ort, an dem ich sie immer sehen kann. Kühl ist er. Flüssig.

Du bist die sterbende Rose. Ich werde dich brechen und in meinem See versenken. Dort liegst du dann für alle Zeiten, und ich komme, sooft mir danach ist, zu dir, dich vom Ufer aus zu betrachten. Viktor. Rose meines Lebens. Farben und Düfte verblassen, Wunden heilen. Die Rose bleibt mir im Gedächtnis, so wie ich sie das erste Mal sah. Stolz erhaben, kerzengerade. Einsam.

Antworten

Kann man zugefügte seelische Verletzungen einfach so verarbeiten, ohne darüber zu reden, ohne sich mit jemandem auszutauschen, oder ist das schlichtweg unmöglich? Muss man nicht vielmehr Antworten auf das bekommen, was einem widerfahren ist, was einem zugefügt wurde? Antworten, damit Seelenwunden heilen, damit das Verstehen einsetzt und der Schmerz einen milderen Verlauf nimmt, bis er sich ganz zurückzieht? Sind Antworten nicht sogar Seelenverbände, Medizin, Infusionen, die unbedingt benötigt werden, damit die Seele überleben kann?

Braucht es nicht einen Vertrauten, der einem erklärt, warum es gute und böse Menschen gibt, Spieler, Schlächter, Edle, Unedle, Verwahrloste, Moralische, Nichtmoralische? Instinktiv strecke ich nach JEMANDEM die Hand aus, in der Hoffnung, dass sie ergriffen wird, dass ich berührt, geführt werde, in eine lichte Zukunft, die mir ein Verstehen des Erlebten übermittelt. Doch derzeit greife ich ins Leere. Es gibt keinen Lebensunterstützer in meiner Nähe, keinen Beisteher, der erkennt, dass ich Hilfe benötige. Somit muss ich mich an Viktor wenden, den Zerstückler all dessen, was vermutlich nicht mehr in mir ist, oder nur noch als tot bezeichnet werden kann.

Viktor. Wirst du mir sagen, was du für ein Mensch bist?

Jemand, der verletzt wurde, wie du mich verletztest, braucht Antworten auf Geschehenes, damit die Seele heilen kann. Verweigert man ihm diese, wie du das bei mir tust, leidet er Höllenqualen, wie ich das durchlebe. Luzifer ist dein Freund, so habe ich den Verdacht. Ob ich richtig liege, kann mir niemand beantworten, doch alles, was du tust, ist böse, entspringt einem Quell, der nicht der Liebe, der Göttlichkeit zugerechnet werden kann. Vielleicht nennst du ihn den Teufel oder den Beelzebub, doch schlecht und verrottet bleibt schlecht und verrottet, egal, welchen Namen er trägt. Lass mich dich noch einmal befragen, antworte mir. Bitte. Ich frage sanft, habe alles Verständnis dieser Welt, wenn du Zeit brauchst, Erklärungen zu finden.

Bist du das Kind, das sich mir in schwachen Stunden zeigte, sich mir ängstlich näherte? Bist du der Knabe, der mich anflehte, tief auf den Grund seiner leidenden Seele abzutauchen und zu helfen? Bist du der schwache Halbwüchsige, der mich anbettelte, seinem Leben ein Ende zu setzen? Bist du der Mann, der sich der Frauen bedient, sie verführt, sie betrügt? Bist du der Seelenfresser, der Vampir, der über Liebende herfällt und deren Seelen aufsaugt?

Nein. Du streitest ab. Du schüttelst den Kopf. Deine trüben Bernsteine dringen tief in mein blutendes Herz ein. Du versuchst, mir einen Menschen vorzuspielen, der du nicht bist. Das Kind in dir beginnt zu weinen. Es hält meine Hände fest umklammert, drückt sich an meine Brust. Möchte hören, ob mein Herz noch immer für es, für dich schlägt. Der Knabe in dir schaut mich verschlagen an. Du lässt zu, dass ich deinen Schmerz empfange, der mich zu zerstören beginnt. Als Mann versuchst du, mich zu verschlingen, frisst an meinen Innereien, dem Herzen, dem Magen, der Lunge. Reißt mich an dich, stößt mich von dir, wie dir der Sinn danach ist. Du vereinigst das Kind, den Knaben, den Mann in dir, je nach Laune, die dich gerade umtreibt, um dich an der Menschen Kraft zu laben.

Zu nichts anderem bist du in der Lage als zum Spielen, Verachtungswürdiger, doch nicht mehr mit mir. Ich habe es geschafft, mich von dir loszusagen. Habe vor fünf Tagen die letzten Verbindungen zwischen uns zerschnitten. Es waren dünne Fäden, aber sie banden uns noch zusammen. Mein Bitten, mein Flehen wurden von dir ignoriert. Nun triftest du ab. Grünes Wasser verschluckt dich. Ich sehe dich nicht mehr. Spüre nur das Spiel, das du unfair mit mir triebst, das dich befriedigte, mich fast umbrachte.

Du bist der erste Seelenspieler, den ich kennenlernte. Du wirst der Letzte sein, der die Macht besitzt, mich in Dunkelheit ertrinken zu lassen. »Warum?«, fragst du mich und versucht, mich mit einem Lächeln zu beschwichtigen. Dieses Lächeln zeigt Unsicherheit. Du bist dir nicht ganz sicher, ob du nicht zu weit gegangen bist mit dem, was du tatest. Deine Drogen haben deinen Verstand vernebelt, dir das Mitgefühl genommen. Also, noch einmal. Warum bist du der letzte Seelenspieler, den ich kennenlernen werde? Antwort: »Weil ich erkaltet bin, deshalb. Innerlich. Weil da nichts mehr in mir ist, das noch den Wunsch verspürt, erneut auf einen Menschen zuzugehen.« Nun, ich sehe und höre. Mit meiner Antwort kannst du nichts anfangen. Ein zischender Laut aus deiner Kehle? Habe ich da richtig gehört? Ungläubig drehe ich mich von dir ab. Du gibst keine Antwort auf meine Aussage, das ist mir schon klar, nur ein Zischeln, ein Schlangenlaut, abgegeben von einer Menschenhülle, um mir zu verdeutlichen, dass ich ein hysterisches Weib bin, das man nicht allzu ernst nehmen muss. Schließlich wird jeder einmal in seinem Leben von einem anderen Menschen geblendet, reingelegt, tief verletzt, übelst zusammengedroschen, so ist das eben auf dieser Welt, die von Menschen dominiert wird. Dafür sind wir ja auf dem Planeten Erde und nicht im Paradies.

Ich behaupte, durch mich bist du reich geworden. Der Teufel frisst Seelen. Willst du mit ihm verglichen werden? Bist du denn stolz auf dieses Anrecht? Die von mir verschenkten großen Gefühle verwandelten dein tristes Dasein in eine farbenprächtige Insel der Fantasien, die von der Sonne großgemacht wurden. Du könntest Dank zeigen, Halt geben, dem Spender gnädig sein.

Keine Antworten, immer nur Schweigen. Ich liege mit meinen Verdächtigungen richtig, das weiß ich. Das Wissen um deine gespaltene Persönlichkeit kann mir ein gewisser Trost sein, dennoch wird meine Heilung lange dauern.

Ich habe etwas vor mit dir. Ich habe einen Plan, für den ich dich missbrauche. Ich muss mich beeilen, denn es geht mir nicht gut. Eigentlich sollte ich dir nicht verraten, was ich in mir ausgebrütet habe, doch vielleicht tut es mir gut, es direkt anzusprechen. Mein Ziel ist, dich meinem Hecht vor die Schnauze zu werfen. Ich habe geplant, dich im See zu versenken, damit die Fische dich bearbeiten können. Vielleicht kommen auch Graskarpfen und Schwan dazu. Denen hältst du nicht stand, ich garantiere. Die nehmen dich mir in die Mangel, sperren dich in ein Gefängnis aus stinkendem Morast, verbinden sich mit deinem Geist, quetschen für mich überlebensnotwendige Antworten aus dir heraus, damit ich weiterleben kann.

Antworten sind Seelenverbände. Herztote verweigern.

Sterbender

Ich sitze an meinem See. Der Herbst verabschiedet sich mit seinem letzten roten Blatt, das leise auf die Erde fällt. Die umstehenden Bäume sind längst kahl. Die Sonne steht schon tief, scheint in mein Gesicht, beleuchtet mein Haar, erhellt an diesem Tag ein letztes Mal meine Seele, die dir zugewendet ist. Mein Schwan schwimmt an mir vorbei. »Freund, nicht so schnell. Siehst du meinen Geliebten?« Der Schwan blickt mich mit seinen klugen Augen an. Ich halte Viktor im Arm, streichle ihn, berühre seine hohlen Wangen. Küsse seine Stirn und blicke tief auf den Grund seiner Seele.

Viktor. Sterbender. Ich habe heute deinen schwachen Körper an meinen See gebracht. Um dich ihm zu übergeben. Um dich zu konservieren, deine Seele, die anfangs so rein wirkte, deinen marmornen Körper, der anfangs schneeweiß strahlte, deine Bernsteinaugen, die anfangs haselnussfarben nur für mich leuchteten. Und ich küsse dich erneut. Ich weiß, dass ich dich loslassen muss, dass es zu Ende geht. Dass es kalt und dunkel für dich wird. Hab keine Angst vor dem, was kommt. Es wird nicht so schlimm werden, wie es sich anhört. Der Tod ist gnädig. Er lässt dich zur Ruhe kommen. Du wirst nicht mehr getrieben in dieser kalten Welt, musst keine Wärme mehr suchen, die in deinem kranken Körper ohnehin nur erkalten würde. Musst nicht mehr nach Gefühlen jagen, weil du sie nicht mehr brauchen wirst in deinem Grab. Ich verspreche es dir, das Bedürfnis nach Liebe ist verschwunden, abgetaucht im kühlen Dunkel, in das ich dich nun betten werde.

Kannst du dich erinnern? Ich machte dich auf die verblühenden Rosen unserer Liebe aufmerksam, bat dich, mich nicht weiter zu verwunden. Du verstandest nicht. Griffst mich an, weiter und weiter. Wer dich antrieb, wissen die Götter. Nun ist der Baum der Liebenden kahl, weil der nahende Winter alles schlafen legt. Nun wirst du in deiner letzten Ruhestätte bis zur Auferstehung liegen.

Im Wirbel des Zeitenrads habe ich gelernt, mich gegen dich zur Wehr zu setzen. Immer dachte ich, die Schwächere von uns beiden zu sein, weil mir die Kraft ausging. Ich dachte falsch. Denn während ich innere Kraft produzierte, angetrieben von meiner Buche, meinem See, meinem Schwan, hattest du niemanden außer mir, der dir Kraft schenkte. Ich war irgendwann nicht mehr in der Lage, dich weiter am Leben zu erhalten. Nun schütze ich meine sich erneuernde Energie, dein Speicher bleibt leer. Du liegst vor mir. Hast keine Macht mehr, bist fast tot. Windest dich vergeblich. Da zuckt die Hand, hier krümmt sich der Fuß, der Mundwinkel will mich anlächeln, kann das aber nicht. Lass los, Viktor, alles wird ruhig, alles versinkt im ewigen Dunkelreich des Schwarzen Mannes.

Ich blicke auf den See. Es ist vorbei. Du hast dein Leben gelebt, auf meine Kosten. Jetzt stirbst du. Dich hinscheiden zu sehen ist für mich noch einmal ein schmerzhafter Prozess, ich gestehe. Da war zu viel Fühlen zwischen uns. Liebe und Schmerz, eng beieinander. So jung, mein Liebster, viel zu jung bist du, um in ein kaltes eisiges Grab gelegt zu werden. Aber ich verspreche dir, es ist heilend. Die Wunden schließen sich, ich rede von meinen, deine sind mir egal. Alles wird ruhig, alles wird gut. Mein Schwan verspricht es mir, da du es mir nicht zusichern konntest.

Eines musst du wissen. Glaube nicht, dass es für mich leicht ist, dich verwundet zu sehen. Eine große Leidenschaft stirbt. Mit dir. Blut tropft auf deine Brust, aus meinem Herzen heraus. Das Leben kann dich mir nicht zurückbringen. Tiefe Vertrautheit weicht für immer. Sinkt auf den Boden des Sees. Der Schwan blickt mich an. Mit schwarzen wissenden

Augen, die mich verstehen lassen, dass er meinen Schmerz fühlt. Seine Augen füllen sich mit Tränen. Tränen für die Freundin, die so tapfer den Liebsten loslassen muss.

»Sei nicht traurig, mein Freund«, flüstere ich dem stolzen Vogel mit belegter Stimme zu, »der letzte Gang tut entsetzlich weh, aber danach bin ich frei. Frei für dich. Frei, einer neuen Aufgabe entgegenzutreten.« Der Schwan gibt einen Laut von sich, will mir sagen, dass nun die Zeit gekommen ist, loszulassen. Dich, den Einzigen, den ich auf diese Art, die ich dir entgegenbrachte, lieben konnte.

Der See berührt meine Fußspitzen. Er flüstert mir seine Abschiedsmelodie zu. Und ich öffne die Arme. Mein Einst-Geliebter rutscht in den nassen Sand, seinem Grab entgegen. Ja, nun bin ich so weit, ich lasse los, die Seele lässt los, die Liebe ist frei. Ich übergebe Viktor dem See.

Lebe wohl. Der See erhält dich mir. Lässt deine Haut nicht altern, verschließt sie für mich. Wenn ich dich sehen möchte, dich streicheln will, gehe ich zu der Stelle, wo Weiden das Wasser berühren. Dort berühre auch ich. Deine Marmorhaut. Sie ist die tiefste Stelle im Bauch meines Freundes. Und ich weiß dich für immer dort aufgehoben.

Viktor. Treibst schon unter der Wasseroberfläche. Der Schwan schwimmt neben dir. Die Haut schimmert weiß. Deine blutleeren Lippen geben einige kleine Luftblasen frei, die aus deinem geöffneten Mund an die Wasseroberfläche wollen. Deine Bernsteinaugen blicken mich an. Tief. Versuchen, mich zu durchbohren, mich mit dir in die kalte Tiefe zu ziehen. Aber du hast keine Macht mehr über mich. Nein, Geliebter. Du triftest dem Grund des Sees entgegen. Es taucht ab, was nicht mehr leben soll. Du. Mein Schmerz. Die Erinnerung an dich.

Mein Herz fühlt sich schrecklich leer an, da ich weiß, dass du Vergangenheit bist. Was mir bleibt, ist ein Instinkt, keinem Menschen zu vertrauen, und die Gewissheit, dass dein Weizenblondschopf nicht weiß werden kann. Mein See, mein Verbündeter, lässt es nicht zu. Zeigt dich mir in deiner ewigen Jugend.

Ich schaue dir nach, wie du langsam blasser wirst, tiefer sinkst. Es ist in Ordnung. Ich habe nicht mehr das Bedürfnis, dich heilen zu müssen. Das Mitgefühl hast du mir getötet. Geht unter mit dir. Enten fliegen über den See. Berühren mit ihren Flügelspitzen die Wasseroberfläche. Wühlen sie auf. Machen sie uneben. Du verblasst. In mir. Für aller Menschen Augen unsichtbar. Der Wind des Vergessens trägt dich hinweg. Du wirst verweht wie die Blätter, die am Liebesbaum welkten. Alles geht auf in der großen Stille. Stille, die in unsere Herzen zieht, in die Lebenden und die Toten.

Erinnerungen

Viktor. Manchmal, in ruhigen Stunden, wenn das Leben scheint, mich vergessen zu haben, wenn sich das rege Treiben des Tages in die Decke des Schlafs hüllt, ich wach am Fenster sitze und in die Dunkelheit der Nacht blicke, dann erinnere ich mich an damals, als ich ein Kind war, als sich das Leben leicht anfühlte.

Die Leichtigkeit glich einer Palette an bunten Farben, an inspirierenden Gerüchen. Sie zeigte abwechslungsreiche Bilder, Landschaften, Menschen, Tiere. Eindrücke aus fernen Ländern prägten sich mir ein, die ich nicht selbst gesehen hatte, die mir aber kluge ältere Menschen schilderten und ich mir vor meinem geistigen Auge vorstellte. Bücher entführten mich in Fantasiewelten, die ich in der Lage war auszubauen, mir so zu zimmern, wie sie sich für mich richtig anfühlten. Ich hatte Wünsche an mein zukünftiges Leben, Sehnsüchte, mich in fremden Ländern ausleben zu können. Die Seele jubelte und sang. Die Seele schwang sich der Sonne entgegen, ohne Angst zu haben, verbrannt zu werden. Damals war alles leicht.

Mit fortschreitendem Alter ging die Leichtigkeit in Leidenschaft über. Leidenschaft, ganz Großes zu fühlen, das Leben überschwänglich zu leben, es auszukosten, alles kennenzulernen, was es zu bieten hatte. Keine Fantasiewelten erobern zu wollen, sondern das richtige, das wahre Leben zu atmen. Ich erkämpfte mich in ein Berufsfeld, das mich teils ausfüllte, mir teils Raum für ausbaufähige Träume lies. Aber ich war in diesem Berufsfeld nicht akzeptiert. Ich wurde diskriminiert. Ich wurde verlacht. Dennoch kämpfte ich.

Um diesen Kampf im Leben nicht allein führen zu müssen, wünschte ich mir einen Partner an meine Seite, der all das Große, das erreichbar schien, mit mir teilen sollte. Die

Menschen gaukelten mir Gefühle vor, die nicht ehrlich waren, die mich verletzten, der Partner ließ mich im Stich.

Freunde wollte ich an meinem Leben teilhaben lassen, mich mit ihnen in ihren Leben bewegen. Sie würden mich begleiten, gute Menschen mit tiefen Gefühlen. Das Leben hatte viel zu bieten, und ich lebte es aus, als ob es mich zweimal geben würde, aber Freunde fand ich wenige. Wo andere schliefen, kämpfte ich mich durch das Leben. Ja, es war facettenreich und bunt, das Leben, aber nicht schön.

Ich ging allein weiter, wollte noch immer an ein gutes Leben glauben. Malte mir noch immer meine Welt mit Farben an. Doch sie verblassten. Mit jedem Tag, jedem Menschen, den ich kennenlernte, kamen mir Farbpigmente abhanden.

Dann änderte sich meine Sicht auf das Leben. Die schönen Bilder der Welt starben, und mit ihnen die Leidenschaft, alles, was sich in mir manifestiert hatte, genießen zu wollen. Du Viktor, hieltest mir den Spiegel der Erkenntnis vor. Das Fühlen verflüchtigte sich, der Schmerz trat in mich. Ich kann nicht genau sagen, wann es passierte, es ist zu lange her. Doch alles, was bunt gewesen war, ging im Dunkel unter. Mein Körper wurde zu einer alternden Hülle, in der sich Erinnerungen an vergangene Lebenskatastrophen und Stumpfsinn einnisteten. Das suchende, nach Licht und Farben jagende Kind ging verloren, hatte sich verlaufen auf einem der unzähligen Lebenswege, die ins Paradies führen.

Es ist trostlos um mich herum geworden. Menschen sind gestorben, Freundschaften gingen verloren. Träume verflüchtigten sich, können nicht belebt werden. Pflanzen und Tiere haben in der Welt, in der ich lebe, kein Mitspracherecht. Sie werden unterdrückt, sie werden getötet, sie werden gefällt, sie werden ausgerottet. Ich wünsche mir für sie, dass sie in ihren Himmel kommen, auch wenn ich nicht daran glauben kann, dass es einen für sie gibt.

Ich kann meinen einstigen Weg nicht mehr erkennen. Doch hatte ich denn je einen? Trieb ich nicht vielmehr in Gefühlen, Fantasien, die mit dem realen Leben nichts zu tun hatten? Trifft mich nun die Erkenntnis, dass das Leben für mich immer nur Einbahnstraßen parat hielt, in die ich gutgläubig einbog, ohne die Regeln zu durchdenken? Gibt es überhaupt Regeln in einem Menschenleben, an die sich ein einstiger Träumer wie ich zu halten hat?

Manchmal gehe ich auf die Suche nach Verlorenem. Nach Gefühl, dass die Menschen es wert sind, sie zu lieben, dass das Leben es wert ist, gelebt zu werden. Wo habe ich es zurückgelassen? Warum ist es mir abhandengekommen? Ich kann mich nicht erinnern. Möchte es wiederhaben. Das Leben macht keinen Sinn ohne Gefühl.

Ich setze mich ans Ufer meines Sees, lausche den kleinen Wellen, die leise in den Kieselstrand schlagen. Mein wässriger Freund möchte mir einen neuen Weg zeigen. Raus aus dem finsteren Sumpf meines Trübsinns, aus dem Nicht-mehr-Fühlen. Er erinnert mich daran, dass die Natur mir viele Freunde an die Seite stellte, die immer noch alle bei mir sind. Nein, keine Menschen, ich soll bloß nicht nach den Menschen suchen. Es sind Naturwesen. Tiere. Bäume. Blumen. Er mahnt mich, ihre Liebe zu spüren, die sie mir entgegenbringen. Er rät mir, ihre Farben zu erkennen, die sie einzig mir zuwerfen. Er ruft mir ins Gedächtnis, dass nur der Mensch in seinem grenzenlosen Egoismus mich im Stich gelassen hat, alles andere zu meinen Füßen liegt, von mir berührt werden möchte.

Viktor. Ich frage nun dich, ob du weißt, was sich zu damals veränderte?

Natürlich. Viktor kann mir keine Antworten geben, denn er begreift nicht, was ich überhaupt meine. Der See antwortet mir statt seiner. Er ruft mir in Erinnerung, dass ich ein duales

Lebewesen bin, dass ich aus Körper und Seele bestehe. Er fährt fort, indem er mich an die geistige Welt erinnert, in der ich einen Großteil meines Lebens gelebt habe. In dieser Welt herrschen andere Gesetze als in der materiellen, der Menschenwelt. Er rät mir, meine Augen zu schließen und meine Seele wieder auf die Reise zu schicken. Sie soll Farben sammeln, wie damals, aber mich nicht durch die Sicht der menschlichen Augen beirren lassen.

Und je mehr ich über seinen Rat nachdenke, je klarer wird mir, dass er recht hat. Ich litt im Menschenleben, ich liebte in der Geistwelt. Einzig sie zählt für mein weiteres Bestehen. Ich erinnere mich. Unbeschwerte Kindertage in Ländern tauchen auf, die ich wieder bereisen möchte, die meine Seele wieder berühren will.

Die letzte Rose

In meinem Garten zieht der Winter ein. Der alte Kirschbaum verliert seine Blätter, Birne und Apfel sind schon seit mehreren Wochen kahl. Die Dahlien, die Gladiolen sind verblüht. Der Lavendel ist braun. Chrysanthemen welken. Der Blütezeit, die von lustigem, lärmendem Treiben begleitet wurde, von summenden Insekten, von Vögeln, die ihre Jungtiere aufzogen, folgt ein Abschied in den ruhigen Winter. Der Winter ist der Geselle, der mit kaltem Griff alles zum Schlafen bringt, was sich im späten Herbst wehrt, seine Äuglein zu schließen. Manchmal hält sich ein naseweises Pflänzchen im fortgeschrittenen Jahreskreis, das lieber noch etwas erleben möchte, statt sich zur Ruhe zu begeben. Neugierig auf das Kommende streckt es seine erwachende Blüte in die schon kühle Mittagssonne, blinzelt, möchte ihr Prachtköpfchen entfalten, tut es auch für kurze Zeit, bis es sich endlich doch dem Griff des Frostmanns fügt.

Rosen sind aberwitzige kleine Dinger, die unbeugsam sind, dem Ruf der kalten Jahreszeit nicht immer gehorchen. Vor einiger Zeit, als ich Fichtenzweige über Blumenrabatte legte, Pflanzen-Kuscheldecken, erblickte ich die letzte Rosenknospe in meinem Garten. Sie war schon mit Eiskristallen überzogen, wollte sich aber nicht in ihren beginnenden Schlaf begeben, wollte in die Welt hinein blinzeln, wollte nicht welken, war das noch pulsende Leben.

Vor zwei Wochen schnitt ich die letzte Rose. Ich hörte ihre Bitte an mich, sie in meine Wärme mitzunehmen. Eine nicht erblühte Knospe bat mich um einen Aufschub des Unvermeidbaren, und ich verstand. Sie hatte Angst, dass sie in den folgenden kalten Nächten nicht überleben würde, ihre künftige Schönheit, zusammengefaltet, noch nicht für jeden sichtbar, sterben könnte, die fleischig grünen Kelchblätter durch eisigen Atem braun gefärbt würden. Oh ja, und wie ich verstand. Die Liebe war mir gestorben, die Kälte hatte mir das Herz betäubt. Die Rose weinte stumm.

Ich bettete sie in eine Kristallvase, stellte sie auf mein Klavier, wurde bei ihrem Anblick wehmütig, blickte in Viktors Gesicht, hörte Viktors Stimme, vernahm Viktors Lachen, spielte Debussys »Clair de lune«. Ermutigte die Knospe, Taste um Taste, ihre peinlich genau zusammengelegten Blätter zu recken, sie für mich zu entfalten.

Der Vollmond warf lockende helle Strahlen in mein Wohnzimmer, verbündete sich mit meinen Bitten, öffnete die Blütenblätter der letzten Rose. Über Nacht erwachte, was vom Winter gezeichnet war.

Tiefdunkelrot leuchtete sie mir am nächsten Morgen entgegen, als mein Blick sich auf mein Klavier richtete. Ich schritt auf sie zu, hieß sie für die kommende Zeit, die wir zusammen sein würden, herzlich willkommen. Sie berührte mich, dankbar dafür, dass ich sie vor der Kälte gerettet hatte, mit ihren weichen Samtblättern. Tastete sich in mein Inneres vor, fasste an mein verwundetes Herz, versuchte, ihre Stärke, die sie in einer Nacht erlangt hatte, auf mich übergehen zu lassen. Wollte mir zeigen, dass nicht verloren ist, was danach aussieht, nur weil eisige Temperaturen aufziehen. Und die Liebe zog für kurze Zeit in mein Herz ein, die Liebe, übermittelt von dieser letzten Rose, der Kämpferin, die sich nicht in ihr Schicksal ergeben wollte. Alles kann überleben, alles, was schön ist, wenn einer bereitsteht, der einen bei der Hand nimmt, der einem zu Hilfe eilt. Die letzte Rose ist die Wahrsagerin, die mir versichert, dass nicht tot ist, was derzeit nicht erfühlt werden kann. Die letzte Rose lässt mich in Gedanken abdriften zu Viktor. Ihre samtenen Blätter erinnern an seine Haut. Ein zarter Rosenduft erinnert an seinen Körper. Ein seidener Schatten, der über der Blüte liegt, erinnert an sein

Gemüt. Die letzte Rose ist die Botschafterin der Liebenden, die nicht zueinander finden können, sich dennoch nicht voneinander lösen wollen.

Ich denke an Viktor. Traurig werde ich, wenn ich mir die letzte Rose betrachte, sie streichle, sie liebkose. Ich habe den Kontakt zu ihm abgebrochen, in der Angst, meine schöne Erinnerung an ihn durch die folgenden kalten Nächte zu verlieren. Viktor war schön wie diese letzte Rose. Ihn nicht mehr zu sehen, wie ich ihn in den Frühlings-Sommertagen liebte, macht es mir leichter, seine Schönheit in mir zu bewahren.

Viktor, der kalte Griff des Winters gehört der Königin des Räuberschachs, dessen Meister du sein wolltest, das Spiel aber nicht beherrschtest. Wirst du mir verzeihen, deine Blüte für die Ewigkeit geschnitten zu haben? Die Rose ist zu schön, um sie einfach vergessen zu können, ich werde sie in meiner Erinnerung konservieren, wie ich dich in mir aufnehme, und ab und zu an dich denke, an die letzte Blüte unserer Liebe.

Das letzte Blütenblatt der letzten Rose ist gefallen. Die letzte Rose ist verwelkt, doch lebt in meinem Herzen. Sie, die letzte Rose, hat mir ihre Liebe, ihre Zuversicht in das Leben übertragen, hat mir beides in mein krankes Herz gelegt. Es braucht den Frühling, bis keimt, was derzeit für niemanden sichtbar ist.

Seifenblasenmenschen

Ein Seifenblasenmensch ist jemand, dessen Hülle schillert, in allen erdenklichen Farben. Er spiegelt die schöne Seite des materiellen Lebens wieder, ist bunt, ist perfekt geformt, mal klein, mal groß, doch kantenlos, eckenlos. Alles ist fließend. Alles ist weich, passt sich mühelos Winden an. Jeder, der in seinen Bann gezogen wird, bewundert ihn, möchte sein wie er, ahmt nach, was gesehen wird, was schillert, was blendet.

Das ist die äußere Hülle, die, die jeder sehen kann.

Durchdringt man diese Hülle, begibt sich in das Innere des Seifenblasenmenschen, findet man da nichts weiter vor als hohlen Raum, Luft, Leere. Dunkelheit ist so präsent wie die Nacht, alles scheint tot. Es ist nichts in ihm enthalten, was sich an der Schönheit des Universums misst, was Göttlichkeit widerspiegelt, außer der unendlichen Trostlosigkeit seines eigenen Seins.

Hat der Betrachter diesen leeren Raum entdeckt, kann sich der Seifenblasenmensch nicht mehr in dessen Gegenwart halten, seine bunte schillernde Hülle platzt, er vergeht in den Farben der Erkenntnis.

Durch einen Plopp ist er in die Welt gekommen, berührt man ihn, will in ihn eindringen, sich näher mit ihm befassen, verschwindet er mit einem Plopp wieder aus ihr. Was bleibt, ist ein Tropfen Seifenbrühe, die in der Sonne glitzert und verdampft. Er platzt aus der Welt des Betrachters in sein eigenes unsinniges Nichts, das er durch Farben versucht hat, für die Augen der anderen Menschen bunt scheinen zu lassen. Man nennt ihn Blender, und die meisten Menschen, die ihn betrachten, merken nicht, dass er inhaltslos ist.

Warum baut sich ein Seifenblasenmensch einen Schein auf, dem er niemals gerecht werden kann, er seine Leere nicht füllt? Strebt er an, etwas zu sein, das er niemals erreichen kann? Hat auch er Träume, die er anderen Menschen vorgaukelt, doch die er nicht lebt? Spiegelt er sich unsinnig in von ihm besitzender Materie, die seine Inhaltslosigkeit verschleiert?

Ich sitze vor einer Pyramide, einer kleinen. Auf dem Marktplatz in Karlsruhe. Beobachte Menschen, die hektisch den großen Platz überqueren, eine bunte Menge, die ihren Zielen entgegenwuseln.

Ein Pantomime steht keine zehn Meter von mir entfernt auf seinem mitgebrachten Podest. Sein blondes Haar ist nach hinten gegelt, seine schneeweise Haut ist zusätzlich mit weißer Farbe dick bedeckt, die Bernsteinaugen sind schwarz umrandet. Seine behandschuhten Finger halten einen großen Tennisschläger fest umgriffen, der nicht bespannt scheint. Doch nein, es ist kein Schläger, es ist eine Vorrichtung, mit der man Seifenblasen erzeugen kann.

Er taucht das Gestell in einen Eimer, der mit Seifenbrühe gefüllt ist, zieht es wieder heraus. Ein Teil der Vorrichtung, der Ring, ist mit einer Membrane überzogen, die bunt schillernd auf die Geburt einer Blase wartet. Nun ist es so weit. Der Pantomime füllt sich die Lungen mit Luft, bläst vorsichtig auf die Bespannung seiner Seifenblasen-Erzeugungs-Vorrichtung. Die Membrane wölbt sich nach vorn, wird größer, wird voller, runder, ähnelt einem dicken Bauch, bildet eine Kugel, löst sich vom Metall des Rings und schließt sich zu einer bunt schillernden Seifenblase. Kurz nimmt sie ihren Flug in den Himmel auf, bis sie schwer nach unten sackt, vom Pantomimen angeblasen wird und sich wieder in die Lüfte erhebt. Irgendwann ist sie wohl zu trocken, ihre Haut zu dünn und sie platzt.

Meine Augen bleiben an den vorbeihuschenden Passanten hängen. Wie viele davon sind Seifenblasenmenschen? Wie viele von ihnen wurden von einem Pantomimen geboren?

Mein Blick ist geschärft. Viktor, der Weltenbetörer, hat ihn mir geschenkt. Nun erkenne ich die Menschen. Ich schaue sie an, ich schaue in sie hinein, ich schaue ihnen nach und nehme wahr, dass sie alle eines gemein haben, sie sind nicht mehr als bunte Hüllen. Die Welt ist aus den Fugen geraten. Dunkelheit überlagert Licht. Der Körper hält die Seele gefangen. Ich mische mich unter die Menschen, blicke mich um, schaue sie an. Erkenne Dinge, die mir nicht gefallen. Der Mensch ist ein egoistisches Wesen. Er hat sein Leben in den Dienst der Materie gestellt. Er versucht, Neues zu schaffen, Materie, die er sein Eigen nennt, zu vermehren, sich mit ihr zu übergießen, sich durch ihren Besitz messen zu lassen. Materielles Denken, begründet von Seifenblasenmenschen, stößt mich aus der Gesellschaft.

Ich wünsche mir vom Kosmos eine Nadel, damit ich alles, was sich wie eine Seifenblase abzeichnet, platzen lassen kann.

Rosenherz

Man sagt mir nach, dass ich kein Mitleid habe. Dass mein Herz ein Stein ist. Dass ich menschliche Schicksale betrachte, ohne eine kleine Gefühlsregung zu zeigen. Ich sage denen: »Schaut tief. Wo ist euch das Gespür verloren gegangen, nicht mehr zu erkennen, wer vor euch steht?«

Ich blicke zurück. In einer Zeit vor Viktor hatte ich ein lebendes, schlagendes Herz, das offen für jedermann fühlte. Es begegnete den Menschen mit Vertrauen. Zuversicht. Freundlichkeit. Es war tapfer, machte Mut, wo andere ihn dringend nötig hatten. Es strahlte Mitgefühl aus, wo alles längst abgestumpft, fast tot war. Es suchte das Gute, wo Schlechtigkeit auf der Tagesordnung stand, und versuchte, wenigstens einen kleinen Teil dort zu erhellen, wo die Trübsal, die Dunkelheit am schwärzesten war. Oh, mein Herz schenkte Liebe. Es streichelte, liebkoste, küsste jeden, der die Hand nach ihm ausstreckte, der es bat, seinen Schmerz zu lindern. Mein Herz war ein gutes Herz. Ein gesundes, schlagendes Herz. Ein Herz, das nicht an sich dachte, sich vor niemandem fürchtete. Es gab, mein Herz, was immer die Menschen von ihm verlangten an Edlem, an Moralischem. Es war ein Samariter, verarztete, wo anderer Menschen Wunden am tiefsten waren, deren Schmerzen am größten. Es half, wann immer man nach ihm rief. Mit Freude, mit Zuversicht schenkte es sich den Menschen.

Mein Herz glaubte, unverwundbar zu sein. Es kannte die Gefahr nicht, die von herzlosen Menschen ausging. Wusste nicht, dass es Herztode geben konnte. Mein Herz wollte einfach nur leben, andere glücklich sehen.

Dann kam Viktor. Etwas Neues manifestierte sich in mir. Anfangs war mir nicht klar, was es war. Es fühlte sich nicht richtig an, so weit hatte ich verstanden. Dieses Etwas, dieses

Nicht-Richtige griff nach meinem Herzen, war kalt, machte mich weltmüde, gefühlsschlapp. Bevor ich mich in Sicherheit bringen konnte, erkannte ich Angst. Viktor-Angst. Geboren aus meinem mir von Viktor zugefügten Schmerz. Schmerz, aus unzähligen, immer wiederkehrenden Verletzungen geboren. Schmerz, aus tiefen, nicht heilenden Wunden genährt. Schmerz, aus dem Verstehen entstanden, dass in mir ein Prozess des Erkennens einsetzte, die Menschheit als schlecht zu empfinden.

Ich fühlte, wie mein armes Herz angegriffen wurde. Es wurde unruhig, begann, wie wild zu schlagen, trieb den Blutdruck in die Höhe. Hetzte sich ab, den Menschen ein Freund zu sein, weiterhin Liebe zu schenken, Vertrauen entgegenzubringen. Doch es konnte gegen die Viktor-Angst nicht standhalten. Mein armes Herz wurde krank. Ich nahm einen giftigen Dorn wahr, der es verwundete und es lähmte, es einschlafen ließ, es in die Dunkelheit verdrängte. Mein Herz war durchlöchert, aber kam seiner Arbeit nach. Es war ein Schatten dessen, was es einmal gewesen war, ein erbärmliches Häuflein Muskel, doch es schlug.

Eines Nachts, als ich mich, lebensmüde fühlend, in meinem Bett hin und her wälzte, mir an meine Brust griff, mein durchlöchertes Herz spürte, irgendwann wohl eingeschlafen sein musste, träumte ich, und wusste später doch nicht, ob es sich wirklich um einen Traum gehandelt hatte, was morgens in meinem Bewusstsein auftauchte. Ich war so tief versunken, dass sich Realität und Trugbild vermischten.

Ich erwachte, fühlte feuchten, kalten Sand unter mir. Der Mond, der gute alte Mond schien hell, beleuchtete, was ohne ihn im Dunkel des Traums versunken wäre. Ich schritt entlang des Kieselstrands, hörte die Irische See, roch ihr salziges Wasser, fühlte meine mir abhandengekommene Freiheit, wie ich sie schon einmal gespürt hatte.

Am Horizont tauchte ein Wesen auf. Es lief mir geräuschlos entgegen. Es kam schnell näher, und als es unmittelbar vor mir stand, erkannte ich in ihm eine Lichtgestalt, eine Erdenenergie, weder weiblich noch männlich. Es berührte mich, berührte mein Herz, spürte meine Verletzungen, verstand, zog mich ins kühle Nass, unter Wasser. Legte mich in ein Bett aus Seegras. Umwickelte mein krankes Herz mit Verbänden aus Algenblättern. Anfangs zum Sterben verdammt, erholte es sich jeden Tag mehr, an dem ich mich in des Wesens Gesellschaft aufhielt. Als ich innerlich ruhig und wieder bei Kräften war, fragte ich, ob ich nun gehen könne. Ja, antwortete es mir, aber ich solle ein Geschenk annehmen. Das Wesen projizierte mir ein kleines Pflänzchen in meine Brust, das Wurzeln bei meinem Herzen zog, schnell größer wurde, eine Hecke ausbildete, die um mein schlagendes Organ wucherte. Weiße Rosenköpfe versetzten es mir in einen tiefen Schlaf, damit vollständig heilen konnte, was Menschen krank gemacht hatten. Das Herz schlug, das spürte ich, aber es schlug in einer Versenkung, die zu erreichen wenige Menschen in der Lage sein würden. Ich spürte, wie die Rosenhecke mein Herz beschützte.

Traum oder Wahrheit, ich weiß es nicht genau. Gab es diese Erdenenergie, das Lichtwesen, wirklich, oder war es eine schöne Illusion, tief aus meiner Dunkelheit entsprungen, um mich zu schützen, um mich vor der Angst zu bewahren, das Herz zu verlieren?

In einer Zeit nach Viktor existiert keine Angst mehr. Und ich kenne keinen Schmerz. Mein Herz schlägt kräftig. Im Verborgenen. Es liegt versteckt, tief in meinem Brustkorb, umwachsen von einer dichten Rosenhecke mit weißen Blüten, betörendem Duft, deren Dornen mich verteidigen. Man nennt diese Rosenart »Malvinenrose«. Jedem Menschen, der mein Herz aufzuspüren in der Lage ist und sich ihm versucht zu nähern, blüht dasselbe. Die Rose verteidigt, was noch nicht in der Lage ist, sich wieder selbstständig zu behaupten.

Das Herz schläft. Hundert Jahre lang? Es wurde von einer Erdenenergie betäubt und wartet nun auf die Auferweckung.

In einer Zeit nach Viktor existiert der Wunsch, mein Herz möge sich wieder frei bewegen, schlagen. Mich wieder der Liebe entgegenführen. Mich den Menschen übergeben. Doch es ist nur ein Wunsch. Ich weiß, mein Herz muss lange schlafen, bis es erweckt wird. Viele Jahre.

Ich bin guter Dinge, da ich beschützt werde. Mein Herz ist ein tapferes Herz, das sich irgendwann wieder mutig dem Leben stellen wird.

Danke

Viktor. Ich möchte dir ein letztes Geschenk zukommen lassen. Ich halte es in der zitternden Hand, möchte es übergeben, weiß nicht, wohin ich es schicken soll, ob ich es überhaupt loslassen kann. Hundert Gedanken kreisen in meinem Kopf, die ausgesprochen werden wollen. Die zu dir möchten. Dich verstehen lassen könnten, du ihnen aber keine Chance gibst, in dich einzudringen.

Viktor. Ich werde dich nicht mehr sehen. In meinem Leben nicht, nach unserem Tod nicht. Im Leben werde ich dich nicht mehr kennen, wegschauen, wenn ein weizenblonder Mann meinen Weg kreuzt. Nicht mehr hören, wenn du erneut nach mir rufst. Es ist vorbei. In unserem Leben. Nach unserem Tod. In unserer neuen Existenz. Ich werde dich nicht mehr wahrnehmen. Ich werde vergessen haben, was passierte. Werde deine leidende Seele nicht spüren, deine düstere Aura nicht registrieren.

Viktor, du machtest mich mit einem Spiel vertraut, dessen Regeln ich nicht kannte, nun, da ich mit ihnen konfrontiert wurde, tief verachte, mich auf ewig abwende. Die Frage, wer dich die Falschspielerei lehrte, ist mittlerweile uninteressant für mich geworden. Es lohnt nicht, Zeit für etwas zu verschwenden, das nicht mehr zum Positiven verlaufen kann. Ein verachtungswürdiges Spiel exzessiv auszuleben, indem andere leiden, ist eines Menschen unwürdig.

Du lehrtest mich in vier Jahreszeiten das Fühlen eines schier unerträglichen Schmerzes und das Erkennen, dass alles überlebt werden kann, was einem an Menschlichem angetan wurde. Doch wisse, wessen Seele einmal blutete, ist für die Menschenmenge auf ewig verloren.

Du nahmst mir etwas, das den meisten Menschen im Jugendalter abhandenkommt, das in mir noch existierte, mich aber ausbremste auf meinem fortschreitenden Weg. Seit einiger Zeit liegt er vor mir, kann nicht wiederbelebt werden, der Glaube an den guten Menschen. Er ist tot. Ich spüre, die Sicht auf ihn ist unwiederbringlich gestorben und macht es mir im grauen Einheitsmenschenbrei einfacher, das Leben zu überleben. Ich kann nun von anderen Menschen nicht mehr verletzt werden.

Du schenktest mir die Erkenntnis, zukünftig mein Vertrauen nicht mehr zu vergeuden, Bernsteinbeäugter. Gabst mir die Weisheit, keinen Menschen als einzigartig zu betrachten, keinen mehr zu lieben. Der Mensch verdient nicht, mit aufrichtigen Gefühlen beschenkt zu werden.

Viktor. Was würdest du sagen, wenn ein verwundeter Mensch sich an dir rächen wollte? Wenn er in seinem Schmerz sich aufbäumte und zurückschlüge? Schmerz macht unendlich stark. Er kann dich töten. Hass entsteht aus Schmerz. Aus unerträglichem Leid. Zugefügten Wunden. Schmerz, kombiniert mit Hass, ist ein absolut todbringender Cocktail für deine durch und durch verdorbene Seele.

Du erreichtest eine Tiefe in mir, öffnetest einen Schlund, der nicht zu schließen ist. Vollbrachtest das mit deinen Augen, deinem ganz eigenen Schlüssel. Dieser Schlund ist der Zugang zum Grund meiner Seele, die noch existiert, aber nicht mehr für die Menschen erreichbar ist. Die Seele ist da. Die Seele ist versteckt, und sie muss versteckt bleiben. Also muss der Schlund geschützt werden. Das kann ich nur, indem ich mich abdrehe, von allem. Ich versperre. Ich versiegle für immer. Die fehlenden Antworten könnten die Seele erreichen, doch sie werden mir verweigert.

Viktor, nimm diese Texte, mein Vermächtnis an dich. Einzig für dich geschrieben. Meiner wunderschönen reinen Liebe wegen zu dir, die du nicht annehmen wolltest. Meiner Liebe zu dir, über die du dich lustig machtest vor vieler Menschen Augen. Meines Vertrauens wegen zu dir, mit dem du nicht umzugehen in der Lage warst, das du verachtetest, mit dem du spielen musstest. Meiner Sorge um dich, um dein krankes Gemüt, um deinen schwächelnden Körper. Meiner Angst vor dir, vor dem Bösen, das du gedankenlos gegen mich einsetztest.

Nimm sie an dich und hüte sie gut. Lies in ihnen, versuche zu begreifen. Die Texte verlassen mich, nehmen die Erinnerung an dich mit zu dir. Entlasten mein künftiges Denken. Trennen die Fesseln an dich. Ich werde frei sein, einen neuen Weg zu finden, eine neue Richtung einzuschlagen, die meinem Leben einen Sinn gibt. Ich hauche dir den letzten Kuss der in Freiheit erblühten Liebe entgegen. Nimm ihn an, spüre ihn tief. Er kommt aus genesendem Herzen, um ein letztes Mal deine Seele zu streicheln, in der Hoffnung, dass es dir irgendwann gelingen möge, zu erkennen und zu gesunden.

Danke. Viktor, ich bin frei.

Teil 3 Erkenntnis

Schlafes Ende

Meine Finger umschließen das Notizbuch, das nie zu Viktor gelangte. Die Erkenntnis steigt aus dem schlafenden Herzen auf. Ich kann niemandem davon berichten, was sich in den Seiten verbirgt, die Worte stecken mir in der Kehle fest, wollen nicht an die Öffentlichkeit gelangen. Skuld erscheint mir im Kopf, durchflutet das Gehirn mit Licht. Befiehlt, mich für Abend und Nacht zu rüsten. Der Weg ist Bestimmung.

* * * *

Es ist Anfang Februar. Imbolc. Dunkelmond. Die Zeit der Mondpriesterin beginnt. Ich sitze vor meinem Altar, entzünde Weihrauch, halte meine Selenit-Kugel in den Händen. Drehe sie im Licht der Kerze, gehe tief in mich. Ihre kristalline Struktur zeigt sich mir, offenbart ihr Gefüge, gibt Gewebe, das die Nornen mir gewoben haben, frei. Wer es lesen, interpretieren kann, findet Antworten auf die Fragen des Lebens. Das Erkennen beginnt, Faden um Faden. Schicksalsgewebe, gefertigt von Urd, Verdandi und Skuld. Gleich einem Kaleidoskop steigen Bilder auf, formen sich, verschwinden wieder. Bunt löst Farblos ab, wird wieder farblos, dann zu Bunt; Hell und Dunkel halten sich die Waage. Gedanken kreisen im Kopf, Erinnerungen an Viktor sind präsenter denn je.

In der Zeitenchronik steht von meinem Erwachen. Mir fehlt der, der mein Meister, mein Lehrer sein kann, der mich den Sinn und Unsinn des Lebens verstehen lässt, der mir den Blick für die Ewigkeit öffnet.

Paul steigt aus der Kerzenflamme, ist klein, wird größer, setzt sich vor mich, streift meine Wange, wischt mir die Träne

der Befreiung aus dem blind gewordenen Auge. Dringt mit
tiefem ehrlichem Blick in mich ein, befiehlt dem Herzen,
angstfrei zu schlagen. Ich schließe die Lider, fühle ihn, meinen Lichtmenschen, der kein Mensch ist.

Paul

Er legt seine weißen Hände auf mein Haupt, verbindet sich mit meinem Geist. Wir werden Eins. Werden Vergangenheit, Gegenwart, Zukunft. Und reisen.

****

Ich sitze in meinem Sessel, in jener Nacht, in der ich das Notizbuch aufgeschlagen, die erste von vielen Seiten gelesen, mich noch einmal Viktor genähert hatte. Ich fühle den Deich in mir, den ich zum Schutz vor Menschen wie ihm errichtete. Mächtig und stabil gebaut, schützte er mich lange vor menschlichen Gefühlen, vor menschlichem Treiben.

Jede der von mir geschriebenen Silben gleicht nun einem Spatenstich, sie machen unaufhörlich mein inneres Bauwerk porös. Erinnerungen an mit Füßen getretener Liebe dringen in mein Bewusstsein, schlagen mir entgegen. Zeigen mir, dass ich nicht von Viktor in die unheilvollen Fluten gerissen, ertrunken bin. Ich lebe. Der Deich bricht und die mir entgegengeschwemmten Albtraumgebilde aus seinen Eingeweiden können mich nicht mehr verwunden. Oh ja, ich sehe, mein Deich stürzt in sich zusammen, gleich einem Deich an der Nordsee, dessen Grasnarbe vor Kurzem erst instabil wurde. Das Wasser leckt, ununterbrochen, Welle um Welle, Erinnerung um Erinnerung, gräbt tief. Koog und umliegendes Land, Verstand und Seele, werden von der See überflutet, mit Gefühl überschwemmt. Wasser tritt aus den Augen, bricht ungehindert in Strömen aus dem Körper, benetzt die Wangen, die seit Jahren mit der salzigen Flüssigkeit nicht in Berührung gekommen waren.

Ich hole Verdrängtes, nie Verarbeitetes wieder ins Bewusstsein zurück. Die Gedanken versinken in dem, mit was sie konfrontiert worden waren, heften sich noch einmal auf die Seiten des Geschriebenen, überfliegen, analysieren. Glück überströmt mich, verloren geglaubtes Gefühl zu erkennen. Angst schüttelt mich, erneut in die Dunkelheit der Gefühllosigkeit stürzen zu können. Paul hält mich, stützt mich, lässt mich nicht los.

✳ ✳ ✳ ✳

Und ich reflektiere.

Ein bunter Brei aus allem, was aus Liebe und Gefühlsspielen, menschlichem Versagen, Erniedrigungen entstanden war, steht in meinen Notizen. Es belebt mich und zieht mich gleichzeitig in den Abgrund, wie Viktor das seit Langem in meinen Albträumen macht. So also hatte ich mich damals gefühlt: Ich war geflogen, ich war gestürzt, war aufgewühlt, verletzt gewesen. Ich hatte geliebt, hatte mein mit Licht prall gefülltes Herz einem anderen Menschen anvertraut in dem Glauben, er würde mir das Licht vermehren können, einen Licht-Reaktor in meinem Inneren zum Laufen bringen, ihm davon so viel Licht abgeben, wie er benötigte, um seine eigene Licht-Produktion ankurbeln zu können. Doch hatte mir Viktor mein starkes Licht geraubt, es selbst eingeatmet, mein Herz zerstückelt, ohne dass ich es verhindern konnte, die Quelle meiner Licht-Produktion zugeschüttet. Es gab Menschen, die sich über Licht-Liebe erhoben, sie stahlen. Es gab Menschen, die Licht-Liebe fraßen, wie schwarze Löcher das taten, dadurch das Licht nicht mehr strahlen konnte.

Ich erkenne, Viktor war ein Lichtfresser.

Der Schmerz ist präsent, der mich damals fast zerrissen hatte. Erinnerungen sind übergroß an das Licht, das aus mir gewichen war, langsam, ohne dass ich es aufhalten konnte, dem Dieb nichts entgegenzusetzen hatte. Lumen um Lumen war ich matter, dunkler, unscheinbarer geworden. Schmerz hatte das Licht verdrängt, Viktor hatte das Licht gefressen. Ich hatte gehasst und irgendwann nicht mehr gefühlt. Ich war leer gewesen, ausgesaugt, meines Lichts beraubt. Ich war einer neuen Lebenserkenntnis entgegengetreten, hatte alle Menschen als Lichtfresser entlarvt, jeden einzelnen von ihnen, sie dadurch von mir gestoßen, einen Deich zwischen ihnen und mir errichtet. Damals.

Nun drängt das Gewesene in mein Bewusstsein zurück, gleich der Nordsee, die den Rückhalt gebrochen hat.

* * * *

Paul ist mir Trost und Halt zugleich. Wir können mich sehen, in jener Nacht, als mich das Lesen meiner Notizen erschöpft hatte.

Ausgelaugt vom Lesen und Fühlen hatte ich mich in mein Bett geflüchtet, in meine Laken vergraben, obwohl die Sonne schon seit über zwei Stunden am Himmel stand. Dieser Ort fühlte sich sicher an, fühlte sich wie meine Burg an, war die Festung, um mich vor den Lichtfressern zu verbergen. Ich wollte den neuen Tag aus meinem Leben aussperren, wollte nichts sehen, niemanden hören, wollte im sicheren Zimmer meine Gedanken sortieren oder nur einschlafen und mich vor Viktor verstecken.

Und unter meiner Decke fühlte ich nun wieder die Dunkelheit, die mein Herz lähmte. Sie war greifbar. Sie war in mir. Der gute Sean hatte gesagt, das Wichtigste im Leben sei zu lieben. Liebe bedeutete Licht, ich lag im Dunkel, ich war das Dunkel. Ja, ich hatte geliebt, groß geliebt. Ich hatte in den Menschen etwas gesehen, das vielleicht meine Illusion war oder sich tatsächlich in ihnen befand, sie aber nicht lebten, weil sie weder an sich noch an die Liebe glaubten. Durch ihren Unglauben war mein Licht erloschen.

✶ ✶ ✶ ✶

Ich lasse sacken, was sich in meine Erinnerung drängte. Tiefe Verletzungen, viele Jahre vergraben, sitzen bleischwer auf meiner Brust. Nun weiß ich wieder um mein damaliges Leid. Es füllte die Dunkelheit unter meiner Bettdecke, drohte mich zu ersticken.

Ich fasse mir an mein schlagendes Herz. Schmerz. Hier war sein Ursprung, im Herzen. Ich erinnere mich an jene Nacht, unter meiner Bettdecke. Die Seele existierte, das spürte ich. Auch die Seele war zerstückelt, aber sie *WAR*. Zerstückelung bedeutete Wunden. Der Angreifer nannte sich Mensch.

Die Verletzung Mensch geht tief. Kann die Seele sterben? Die alte Frage noch einmal gestellt! Kann sie den Körper verlassen, ohne den Menschen umzubringen? Instinktiv beantworte ich die Frage mit *JA*. Ja, die Seele kann den Körper verlassen, obwohl der Mensch noch lebt. Er kann ohne Seele weiter existieren, das zeigt der große Menschenbrei mir deutlich jeden Tag. Seelenlose Menschen fühlen nicht, sie zetteln Kriege an, erschlagen andere Menschen, zerstören Gottes Schöpfung. Seele ist Licht, ist ein Teil Gottes, Seele strahlt, doch der Mensch hat sein Strahlen verloren.

Seit ich mit meinen Freunden, dem See, dem Schwan, gesprochen hatte, weiß ich, dass meine Seele noch existiert. Ich spüre sie wieder in mir, kann sie dennoch nicht orten. Und ich weiß, in der Leidenszeit stimmte etwas nicht mit ihr. War es die Wunde Mensch, die das nicht mehr stimmige Gefühl ausgelöst hatte? Ich hatte einst geliebt. Mensch. Tier. Natur. Ich spürte in mich. Was war geblieben? Vertrauen zu Tier und Natur!

Der Mensch ist mir verloren gegangen. Übergroß empfinde ich diesen Verlust. Der Freund meiner Kindheit existiert nicht mehr. Der Freund meines Erwachsenwerdens hat sich selbst ausgelöscht. Den Freund im Alter erkenne ich heute noch nicht. Würde es ihn jemals geben?

Muss ich das Leben nicht einfach neu bewerten? Mir ist eine Art von Lebewesen abhandengekommen, die sich Mensch nennt, dafür liebe ich aber hunderttausende andere Arten, die der Mensch als primitive, seelenlose Naturgeschöpfe bezeichnet. Bin ich dieser Erkenntnis wegen nicht als reich anzuschauen? Wie viele Menschen gibt es auf dieser Welt, die sich einzig ihrer Art hingeben, sich eventuell ein Haustier zulegen, einen Garten pflegen, ansonsten blind durchs Leben schreiten, die Schönheit anderer Lebewesen weder wahrnehmen noch zu schätzen wissen?

Doch wohin ist das Vertrauen in den Menschen gegangen? Hat es sich verflüssigt und hinter meinem Deich angestaut? Unter meiner Bettdecke stieg die Angst in mir auf, als ich an den Menschen dachte. Schweiß brach aus meinen Poren. Angstschweiß. Ich hatte Angst vor dem Menschen. Die Angst löste Beklemmungen aus. Herzbeklemmungen. Atemnot. Atemstillstand? Doch Tod?

Der Mensch hat mich verletzt. Der Mensch steht für Viktor. Viktor ist einer der Menschen, die zugestochen, ihren Dolch in mein Herz getrieben haben aus einer blinden Laune heraus. Er ist einer von vielen, aber der Letzte, der mir meine Lebensfarben abradiert hat.

»Nennt mir einen Menschen, den ich nicht der Schlechtigkeit wegen verachten würde!«, rief ich unter meiner Bettdecke. »Zählt mir auf, wer in meinen Augen den Adelstitel eines herzensstarken Menschen verdient hätte!«, brüllte ich an diesem Morgen, als das Erkennen einsetzte, dass die Menschheit verloren zu sein schien, in meine Laken, in die, die alles verstanden, mein Brüllen stumm ertrugen. Die Antwort drang in mein Gedächtnis: Sean. Sean, der Lichtritter, Sean, der Menschenversteher. Mein treuer Freund in dieser kalten, grausamen Welt trat für all das Gute ein, das die Menschen nicht mehr wahrnahmen.

Natürlich, Sean. Er verdient, geadelt zu werden. Er ist der herzensstärkste Mensch, den ich kenne, vielleicht der einzige auf dieser Welt, der sich ständig dem Schlechten entgegenstellt, überall, wo er ist, das Gute aussät. Viktor ist der Menschenbrei, der an meiner Seele fraß, sie in sich saugte, mir die Liebe zertrümmern wollte. Viktor ließ mich wissen, wie sich ein Leben ohne Seele anfühlen muss.

Tod schmeckt dunkel. Seelentod ist bitter. Wenn die Bitterkeit dunkel wird, ist man erlöst, vorher nicht.

Unter meiner Bettdecke war es dunkel, aber ich war nicht tot. Ich lebte, das Notizbuch belegte mir dieses Wissen. In der Dunkelheit, unter meiner Bettdecke, schlief ich ein.

****

Ein helles Licht öffnete mir die Augen, ich sehe es heute so hell, wie es vor Tagen leuchtete. Das aus feinem Sand bestehende Bett, auf dem ich erwachte, fühlte sich warm an. Quarzene Körner berührten meine Haut, Muscheln legten sich auf meinen Körper, Fische küssten mit ihren Mündern mein Gesicht. Das Haar schwamm lose in der Strömung, verfing sich in den Algen, die keine handbreit entfernt von meinem Kopf wuchsen. Ich lag im Bauch meines Sees. Ich hörte die Stimme meines Sees. Ich erkannte die Geschöpfe meines Sees.

Ein Lichtwesen, das einem Menschen glich, schwamm auf mich zu, wischte vorsichtig die Muscheln von meiner Haut, legte sich auf mich und küsste wach, was lange geschlafen hatte. Mit sanften Händen berührte er mich, streichelte mir das Gesicht, saugte mir die Trauer über die verstümmelte Seele aus dem lahmen Herzen. Keine Angst vor ihm habend, ließ ich geschehen, was er in mir weckte. Seine Energie durchflutete mich, schloss mich auf, zeigte mir eine Welt fern der, in der ich lebte. Ich fühlte ihn. Seine Seele verband sich mit meinem Herzen, riss mir die Rosenhecke aus dem Körper, legte es frei, damit es wieder im ruhigen, kräftigen Takt schlagen konnte. Er setzte mir die Seele zusammen, die sich zerstückelt in meinem Magen vor der Welt versteckt hatte. Mit jedem Seelen-Puzzle-Teil, das er zu einem großen Ganzen zusammenfügte, kehrte die Farbe in mich zurück. Grau wich langsam, aber beharrlich dem Regenbogen. Er wischte mir mit zärtlichen Fingern die Narben weg, die sich um die Seelenstücke gebildet hatten. Und nun fühlte ich nicht mehr nur ihn, sondern mich, die ich wieder ins Leben zurückgeführt wurde. Von ihm, einem Wesen, dessen Namen ich nicht kannte.

✳ ✳ ✳ ✳

Paul küsst mir die Stirn. Alles wird gut.

∗ ∗ ∗ ∗

Er richtete mich auf, setzte sich vor mich, versank mit großen dunklen Augen in mich, lächelte. Er betrachtete sich mich, seinen ins Leben zurückgeführten Menschen. Nun konnte vollständig heilen, was er in Vorarbeit zurücklassen würde. Tausend Fragen tauchten aus meiner Tiefe auf; tausend Fragen, die ich ihm nicht stellte, um den Moment der Lichtmagie nicht zu zerstören; tausend Fragen, die er mir, das wusste ich, irgendwann beantwortete.

Nach langem Schweigen, in dem ich mich in seinem Blick verfangen hatte, erzählte er mir, er sei die Liebe, die den Auftrag habe, mich ins Leben zurückzubringen. Er erhob sich und ich wusste, er würde mich nun verlassen. Ich griff nach seiner Hand, wollte ihn halten, wollte ihn zu mir ziehen, nahm seine wunderschöne Gestalt, sein rehbraunes Haar, seine schneeweiße Haut, seinen großen, starken, muskulösen Körper in meine Erinnerung auf. Er zeigte sich mir als Mann, doch ich fühlte, dass er seine Heimat nicht bei den Menschen hatte. Sacht löste er sich von mir.

»Sean sagte mir, das Wichtigste im Leben sei zu lieben.« Ich schaute ihm in seine wunderschönen Augen, wusste, mein Herzmensch war sein Mitstreiter, vielleicht sogar sein Beauftrager.

»Und es ist nun für dich die Zeit gekommen, dich genau wieder dorthin zu führen, zur Liebe. Kannst du sie spüren?« Er legte meine Hand auf meine Brust, lies seine Hand auf der meinen liegen. Ja, ich fühlte, mein Herz atmete.

»Ich empfinde mich anders. Bin nicht mehr leer. Da ist etwas, das Gefühl sein könnte«, entgegnete ich. Er nickte. Und lächelte. Es war zurückgekehrt, was lange verschollen geglaubt schien, genannt Gefühl Liebe. Ich schaute ihn an, ich vertraute ihm, dem Wesen, das einem Menschen glich, doch keiner war.

»Was bist du? Von woher kommst du?«, wollte ich wissen.

»Ich bin dein Wegbereiter, komme aus dem Wald«, antwortete er.

»Auf welchen Weg führst du mich?«, fragte ich leise.

»Du wirst ihn finden. Vertraue in deine Vergangenheit, Gegenwart und Zukunft«, antwortete er mir.

»Wie heißt du?«

»Paul.«

Ich legte meinen Kopf in seine Hand, die mir das Herz wieder fühlend gemacht hatte, unendlich dankbar, dass da einer war, der mich berührt, mir Gefühl eingehaucht hatte, der mir von der Liebe gesprochen und sie mir wieder gezeigt hatte. Und ich lies Paul gehen, wusste, wir würden uns wiedersehen, vielleicht in seinem Wald, vielleicht in meiner Menschenwelt.

****

Träume sind die Erlebnisse der Seele in der immateriellen Welt, die parallel unserer greifbaren Erde existiert.

Inwieweit uns diese Träume leiten, hängt ganz allein von uns selbst ab, von unserem Empfinden, ob wir sie anerkennen oder als Abstraktion des Erlebten abtun, die einzig den Geist aufwühlen, ihm den Frieden nehmen.

****

Im Geist sind Paul und ich nun bei jenem Morgen, der dem Traum folgte.

Als ich unter meinen Laken erwachte, war ich ausgeruht, empfand tiefes Glück. Ich sah das Lichtwesen vor mir, das mir Seele und Herz befreit hatte. Auch wenn ich nur einen schönen Traum durchleben durfte, war ich doch lebendiger als in den vergangenen Jahren. Ich fühlte, mein zweites Bein war in diese Welt getreten, suchte Halt in ihr. Ich wusste, es konnte ihn finden.

Um das Schöne dieses Traums über die Zeit zu retten, erhob ich mich aus meinem Bett, meiner Höhle, meiner sicheren Festung, begab mich in die Welt der Unsicherheit, die sich Wohnzimmer nannte, nahm mir Stift und Papier aus einer Schublade und schrieb auf, was ich in einer Parallelwelt erlebt hatte. Ich skizzierte Paul so gut es mir mit meinen vernachlässigten Zeichenfähigkeiten möglich war, um sein schönes Gesicht nicht zu vergessen. Paul, das Lichtwesen, hatte mich auf der Erde zurückgelassen, und ich wusste, wenn er die Wahrheit gesprochen hatte und im Wald beheimatet war, konnten mir See und Schwan mehr über ihn sagen.

∗ ∗ ∗ ∗

Paul und ich sitzen verschlungen vor der Kerzenflamme. Ich nehme ihn im Geist mit an meinen See, reise mit ihm in die Vergangenheit zu dem Tag, als das Herz wieder lieben konnte.

Am See angekommen, suchte ich Viktors Grab auf. Ich kniete an meines Freundes Uferstelle nieder, die steil ins Wasser führte, die tief auf seinen Grund reichte. Die Weide berührte meinen Kopf, meine Schultern mit ihren biegsamen langen Fingern. Meine Augen irrten zu der Stelle, wo Viktor liegen musste. Viktor, die Illusion, Viktor, der Nichts in der Ewigkeit des Lichts. Weizenblond drang an die Wasseroberfläche. Mein Herz erschrak und krampfte. Bernstein blitzte mir schwach entgegen. Mein Atem ging schnell. Viktor war gefunden und versuchte, mich in seinen Bann zu ziehen, ein erneutes Mal mit mir zu spielen. Er war tot, und doch war er so lebendig, als hätte ich ihn gestern erst verlassen. Mein Herz wehrte ab, was nicht mehr in die Menschenwelt gelangen durfte, verdrängte die Angst in die Dunkelheit des Grabes. »Nein«, murmelte ich, »nein, du wirst keinen Einfluss mehr auf mich nehmen können. Ich wollte dich noch einmal sehen, da ich ständig Albträume von dir habe. Im Traum tötest du mich, doch das lasse ich nicht zu. Es gibt einen, der mir Zuversicht in meine trüben Gedanken gepflanzt hat. Selbst wenn er mein Traum ist, ist er stärker als du es je sein kannst, der du nur noch eine Illusion bist.«

Das Notizbuch hat mir Viktor erweckt, um ihn ein für alle Mal sterben zu lassen, um mich ins Leben zurückzubringen.

»Nun, da ich dich sehe, weiß ich, dass du keine Macht mehr über mich hast. Es tut gut, diese Erkenntnis an deinem Grab zu gewinnen. Es tut gut, nach langem Schlaf mich aus dem Dunkel begeben zu haben und einem vielleicht helleren Leben entgegenzutreten.«

Ich erhob mich, fühlte, dass der Lebensballast, der sich Viktor nannte, auflöste. Ich spürte Leichtigkeit, Lebensenergie, Neugierde auf das, was kommen würde, und lief eine lange Zeit durch den angrenzenden Wald, nahm wahr, dass ich mit jedem Schritt, mit dem ich mich vorwärts bewegte, unbeschwerter wurde, sich Lebenskraft in mir ausbreitete. Irgendwann kehrte ich zu meinem See zurück, kniete mich in seinen kalten Sand und rief nach meinen Freunden. Der Schwan schwamm mir entgegen.

Malve: »Liebster See, teuerster Freund, Schwan. Ihr sagtet mir, man hat etwas mit mir vor. Berichtet mir, wer plant mit mir und wie sieht dieser Plan aus? Ihr spracht von einem höheren Wesen. Handelt es sich um Gott?«

Schwan: »Liebstes Menschenkind. Dir wird sich bald die Wahrheit zeigen. Wir dürfen deiner Offenbarung nicht vorgreifen. Ein anderer muss dich einweihen.«

Malve: »Gestern noch befand ich mich in der Dunkelheit, doch mir scheint, ein Wesen aus dem Wald hat mir das Licht zurückgebracht. Vielleicht war es eine Illusion, ich kenne mich nicht mehr aus, kann nicht deuten, was real ist oder Täuschung. Bin ich gestorben und erblicke nun wieder die Liebe?«

Schwan: »Menschenkind, du warst der Welt entschlummert. Dich zu wecken war Pauls Aufgabe. Du befindest dich mitten im Leben und die Liebe kehrt zurück.«

Ich blickte dem Tier, dankbar für diese Aussage, in seine schwarzen Knöpfe.

Malve: »Ja, Paul war sein Name. Paul der Schöne, Paul der Waldbewohner, Paul, das Wesen, das kein Mensch ist. Er besuchte mich in meinem Traum.«

See: »Was sind Träume? Sind sie die Realität, die sich in einer Parallelwelt abspielen? Glaubst du, Paul sei nicht real, sei Illusion? Trugbild, doch Mensch, vielleicht etwas anderes? Wer kann das sagen. Du bist dir nicht sicher, ob dich die Dunkelheit vielleicht wieder einholt? Ich sage dir, sieh hin, greife nach der Welt, sie möchte nun von dir berührt werden.«

Malve: »Ich fühlte mich vor langer Zeit schlecht, des Lebens nicht mehr würdig. Angst fraß mich auf.«

Schwan: »Verletzt wurdest du. Man spielte mit deinen Gefühlen, daher rührte sie. Angst macht blind, sagt ein Sprichwort. Die Angst betäubte dich. Sie nahm dir die Fähigkeit zu erkennen, welcher Mensch gut und welcher böse war, wer es ehrlich mit dir meinte. Dein Herz wurde taub darüber, ist es vielleicht heute auch noch ein bisschen, aber es wird fühlend werden, vertrau, Paul hat dich berührt. Die Angst vor Menschen steckte in dir, er versucht, dich zu heilen.«

Malve: »Du sprichst von Paul, als ob er real wäre, als ob er sich tatsächlich an meiner Seite befunden hätte.«

See: »Schließe deine Augen und fühle in dich. Wo ist deine Angst geblieben, die, von der du gerade sprachst? Hat Paul nicht dein Herz befreit? Du bist tapfer, mutig. Du bist ein Lichtwesen, das sich von Geburt an der Liebesquelle anschloss.«

Malve: «Paul ist real und ich bin wie er?«

See: »Nein, du bist Mensch, Paul ist Nicht-Mensch, aber Lebewesen, beide dem Licht verbunden. Paul hat die Fähigkeit, verlorene Seelen ins Leben zurückzuholen, sie der Liebe wieder entgegenzuführen. Mehr, liebstes Menschenkind, kann ich dir im Moment nicht sagen.«

Ich bedankte mich bei meinen Freunden, dem See, dem Schwan und verließ sie.

✳ ✳ ✳ ✳

Ich lächle Paul an und erinnere mich. An gestern.

Draußen war es mittlerweile dunkel geworden. Ich setzte mich an mein Klavier, spielte Melodien, die die Mitternacht begrüßten. Gedankenfetzen krochen aus tiefem Verborgenem in mein Oberbewusstsein. Gedankenfetzen, die sich Liebe und Hass nannten. Liebe war Moll, Hass Dur. Ich hämmerte auf die weißen Tasten, drückte sacht die schwarzen. Alles gehörte zusammen, alles war ein Gemenge aus Hell und

Dunkel, Warm und Kalt, Süß und Bitter. Liebe und Hass in ein Gefäß gegeben, das sich menschlicher Körper nannte, war ein Gemenge, das nicht getrennt werden konnte, das eine ohne das andere nicht existierte. Moll war die Schwermut, alles auszuleben, um das Leben begreifen zu können. Das Begreifen spiegelte sich im Herzen wieder. Liebe, Hass konnten nicht gefühlt werden, wenn die Seele nicht existierte. Die Seele war eine Notwendigkeit, war Träger der Gefühle. Dur und Moll waren weiße und schwarze Tasten, die zusammengehörten, wie Seele, Liebe, Schwermut.

Das Bild von Paul tauchte ein erneutes Mal auf, im Moment, als ich einen Mollakkord griff. Er hauchte mir ein erneutes Mal Licht in mein Herz, ohne ihn darum gebeten zu haben. Die Liebe war neu geboren, Paul hatte sie mir zurückgebracht. Sie war klein, doch ich fühlte sie. Ich liebte, ein bisschen wenigstens. Das Wichtigste im Leben war zu lieben. Sean hatte recht behalten, wie das bei ihm immer so war. Und er hatte mir das Lichtwesen namens Paul geschickt, da war ich mir nun sicher. Sean hatte nicht mehr ertragen, mich zwischen zwei Welten zu sehen, die lebende noch nicht verlassen könnend, die tote noch nicht betreten sollend. Eine Aufgabe wartete auf mich, hatten mir meine Freunde gesagt, und ich war nun bereit dafür.

Gefühl war wieder da, war anwesend, war neu geboren. Tier, ich liebte es. Natur, ich liebte sie. Mensch, ich wusste nicht, wie ich mich ihm gegenüber verhalten sollte. Ich jubelte Paul zu, rief seinen Namen, pries ihn, weil er mein Herz mit Licht durchflutet hatte, weil er meine Seele zusammengesetzt hatte. Ich wusste, er existierte, Kontakt über den Traum war möglich. Träumen wollte ich, mich in eine Welt begeben, die weniger schlecht war als die, auf der ich geboren worden war und mich bis jetzt durchgekämpft hatte.

Das Wichtigste im Leben ist die Liebe, und Paul, das Waldwesen, hat sie mir zurückgebracht. Liebe ist Licht, ist Gott, ist das Begreifen selbst.

Und ich erkenne den Menschen im Heiligen Haus Gottes, fühle seine Kälte, die Gleichgültigkeit, geboren aus nicht zu befriedigenden Gefühlen, die sich an Materie klammert, die er nie besitzen kann, gleichzeitig zerstört, was zu schwach ist, sich ihm entgegenzustellen. Und ich sehe mich, die ich den Ekel vor ihm überwinde, ihn einbremse in seinem gottlosen Tun, seinem sinnlosen Morden. Die Sonne kehrt zurück, und sie bringt mir die Erkenntnis, dass ich in ihrem Auftrag das Leben auf dieser Welt rette, mit starken Freunden an meiner Seite.

Paul blickt mir in die Augen, tief, wie er das schon öfter getan hat, und lächelt.

Lichtweg

Die Kerze ist fast abgebrannt. In zwei Stunden geht die Sonne auf. Imbolc. Die Sonne kehrt zurück. Die Mondpriesterin ist bereit für einen neuen Weg. Paul hat mich reif dafür gemacht. Die Sonne wärmt, was in der Dunkelheit erkaltete. Es wird heller, ich erkenne das Licht. Licht ist Liebe. Paul befindet sich an meiner Herzseite. Nimmt meine Hand.

»Dein Weg beginnt«. Er schaut ehrlich und ich glaube ihm. Meine Seele dürstet nach Licht, nicht nach Materie. Den Lichtweg zu nehmen scheint meine Bestimmung.

Das Feuer brennt. Es ist nicht unsterblich, was im Dunkelmond geboren wurde. Die Leidensnotizen, geschrieben in Schmerz, gehen in Flammen auf, transformieren Bluttränen in einen Lichtweg. Ich sehe mich. Ich liege in einem Grab in Irland, Wicklow, erhebe mich, bin nicht mehr nur Malve, bin Malvine.

****

Paul kniet zu meinen Füßen.

»Werden wir meinen neu gefundenen Weg gemeinsam gehen?«, frage ich ihn.

»Ich werde dein Begleiter sein«, antwortet er und versinkt in mich, wird zu mir, ich zu ihm. Der Damhirsch von Wicklow, der Damhirsch aus dem Buchenwald schaut mich mit seinen großen dunklen Augen an. Wir sind Traum und Realität, sind das Vergangene, das Derzeitige und das Zukünftige, arbeiten demselben Ziel entgegen, das Licht zu mehren, die Liebe zu retten.

Ich stolpere über unausgesprochene Antworten, die wie Eisschollen auf dem ewigen Meer alles Erlebten treiben, mir den Frieden einer Wissenden verschaffen. Die sich ausbreitende Ruhe hat mir die Erkenntnis geschenkt, dass nicht wichtig ist, was Menschen wie Viktor mir sagen, beantworten oder für immer verschweigen. Meine Fragen an den Blondmann beginnen sich wie von selbst aufzulösen. Der Lichtweg wird erkennbar für mich und kann nun beschritten werden. Der Damhirsch dringt in meinen Kopf ein. Befiehlt dem Schleier des Vergessens, mich zu erinnern, woher ich komme, zu welchem Zweck ich geboren wurde, welches Schicksal mir die Nornen in die Wiege legten, was meine Mission in Zukunft sein wird.

Und die sich zeigende Erkenntnis lässt mich wissen, dass die Liebe, die höchste Liebe, das Prinzip Licht-Liebe nicht darin zu finden ist, sich einem einzelnen Menschen zuzuwenden, anzuschließen, sondern sich zu erheben, sich aus der Menschenwelt loszulösen, in höhere Sphären zu dringen. Und ich verstehe, dass dieser Weg nur begangen werden kann, wenn man einen oder mehrere Menschen-Liebes-Tode durchlaufen hat, so lange, bis die Seele nicht mehr materiegebunden ist, sich kein erneutes Mal an ein Erden-Lebewesen ketten möchte, sondern verstanden hat, endlich verstanden hat, dass der Mensch nichts geben kann, was die Seele befriedigt, was ein Leben groß und erfüllt macht.

Durch dieses Erkennen stellt sich ein neuer Blick ein, der sich zu Höherem hin öffnet, der das Göttliche erkennen lässt, Energie, Hell und Dunkel.

Nachwort

Die Albträume sind Vergangenheit. Viktor hat mir die Erkenntnis geschenkt, die im Menschen selbst liegt. Sie führt mich zu meiner Bestimmung, die das göttliche Prinzip, einer der obersten Erschaffer der Welten für mich vorgesehen hat. Licht und Dunkelheit, so eng beieinander, für mich noch immer zu spüren, Dunkelheit dennoch nie gelebt.

Die Seele ist ein Teil Gottes, ist Licht, ist Liebe. Die Dunkelheit ist seelenlos, verschlingt das Licht, ist Satan, Luzifer, was auch immer. Viktor saugt das Licht aus dem Menschenkörper. Viktor frisst Seelen. Man nennt ihn Seelenfresser. Viktor ist der Zerstörer der Menschenseelen.

Der Mensch kann ohne Seele existieren, ist ohne Gefühl, somit Vernichter all dessen, was sich Gott angeschlossen hat, was durch ihn geboren wurde. Der seelenlose Mensch dient dem Gegenspieler Gottes, der dunklen Seite, wurde von ihm erschaffen, allein um die Oberhand über Erde und höhere Sphären zu erlangen.

Ich wurde als eine Malvine geboren, um Seelenfresser einzubremsen. Mein Geschlecht, das so alt ist wie der gute und der böse Mensch selbst, erkennt das Dunkel im Viktor, das dem normalen Menschen verborgen bleibt.

Ich werde nun den Pfad des Vergangenen, Gegenwärtigen und Zukünftigen betreten, der mich für einen Kampf rüstet, von dem ich noch keine Ahnung haben kann, der mein derzeitiges Verständnis überschreitet, erklärt Paul. Seelenloser Menschenbrei gewinnt die Oberhand auf der Erde. Seelenloser Menschenbrei vernichtet, was Gottes Schöpfung ist. Dies kann nicht zugelassen werden. Das Gleichgewicht zwischen Hell und Dunkel muss wieder hergestellt sein.